《システムからの、解放完了。これより現実世界《リアル》が開始されます》

「げん、じつ、って……え？」

再びぱりん！　と音がして、ルピアの周りの世界に色が付いた。今までと何も変わらない、普段通りの世界。

「な、……なん、なの……？」

そして、あれだけあった吐き気までもが、すっきりと消えている。胸焼けも、不快感も、もうない。

ファルティ=アーディア
『システム』により“ゲーム”の
主人公《ヒロイン》に選ばれていた伯爵令嬢。
ルピア=カルモンド
カルモンド公爵令嬢。
王太子の婚約者であったが、
ファルティの登場によりその座を奪われた。
王太子妃教育と次期公爵教育を
同時にこなしていた才女。

アリステリオス=カルモンド
ルピアの父で、王国騎士団長も務める現カルモンド公爵。
ミリエール=カルモンド
ルピアの母で、アリステリオスの妻。クア王国の元王女。
ルパート=カルモンド
ルピアの双子の弟。ヴェルネラの婚約者。
ヴェルネラ=アルチオーニ
アルチオーニ伯爵家三女。家の裏稼業をすべて取り仕切る陰の実力者。ルパートの婚約者。

『王妃ルート、達成』と書かれているそれを、ファルティはただ呆然と見つめ続けていた。

「どこよ……。どこで私は、何を間違えたっていうのよ……」

認めたくなかった。

あんなに学生時代必死に勉強もして、人間関係もしっかり構築した。

なのにどうして、どこで失敗したのか。

– 王妃ルート、達成 –

You have been freed from the villainess route!
～ゲームは終わったので、ヒロインには退場してもらいましょうか～
悪役令嬢ルートから
解放されました！
みなと
Illustration 霧夢ラテ

CONTENTS

You have been freed from the villainess route!

Illust: 霧夢ラテ
Design：寺田鷹樹（GROFAL）

プロローグ　『ゲームは、終了しました』

わぁ、と集まった招待客たちから大きな歓声が上がる。

ひらひらと色とりどりの花びらが舞い散り、人々に祝福されながら微笑《ほほえ》みを浮かべ歩く一組の男女。

この国の王太子と、彼が自ら選んだ王太子妃。今この瞬間、彼らの披露宴が盛大に執り行われようとしていた。

結婚式は既に終わり、披露宴が行われようとしているこの会場に集まっているのは、国内の貴族や他国からの招待客達《たち》ばかり。王太子の両親である国王夫妻も勿論《もちろん》参加しており、皆は揃《そろ》って新しき王太子夫妻に祝福の拍手を送っている。結婚式では他国の招待客もいたのだが、今は披露宴へと場を移したために顔見知りが多いこともあり、主役の二人も、彼らの友人達も皆、リラックスした笑みを浮かべていた。

今日の主役の王太子夫妻、二人の熱烈な恋愛エピソードは、この国の人々の中で御伽噺《おとぎばなし》のように語り継がれていた。

『運命の出会いを果たし、王太子妃になるはずだった公爵令嬢から、王太子の愛を勝ち取った愛されるべき運命の令嬢』

そう言われながら、平民や下位貴族の憧れの的になっている少女。淡い水色の肩まであるくせっ毛だが、今は一纏《ひとまと》めにしてマリアベールの中。髪と同じ淡い水色の、アクアマリンの宝石のような綺麗《きれい》な瞳、高くもなく低くもない程よい身長に、鈴を転がすような可愛《かわい》らしい声。

彼女の名前はファルティ＝アーディア。アーディア伯爵家の令嬢で、貴族も平民も通う王立学院にかつて籍を置き、群を抜いて入学試験での成績が良かったため、特待生でもあった。

全ての人に対して身分にかかわらず平等に優しく、誰か特定の人を贔屓《ひいき》したりもしない。本当にファルティを一言で表すならば、まさに『パーフェクトガール』。そう言っても過言ではない。素晴らしい令嬢だ！　と学院でも噂《うわさ》の的になっていた。

その彼女と正反対の場所に追いやられてしまった公爵令嬢、ルピア＝カルモンド。

由緒正しきカルモンド公爵家の令嬢であり、王太子の婚約者として幼い頃から厳しい王太子妃教育を受け、いずれ王妃として彼の隣に立つ、と言われ続けた令嬢であったのだが……。

あっという間にファルティにその座を奪われた。別に勉学をサボっていたわけではない。ルピアもとても優秀だったのだが、如何《いかん》せん、業務が多忙すぎた。それが成績トップをキープできなかった理由の一つでもあるが、ファルティの優秀さにしか興味がない人たちからすれば、そんなことはどうでも良《い》いのだ。

「……おめでとう、ございます」

小さな声で呟《つぶや》かれた、祝福に到底似合わない、ルピアの低く小さい声。

何の感情も抱いていない暗い濃紺のルピアの瞳が、笑う王太子リアムとファルティ、二人を映していたが、幸せそうな光景なんて、もうルピアにはどうでも良かった。

ずっと、頭の中にモヤがかかり、気分も優れないためにルピアは早くこの場を立ち去りたかったけれど、両脇からがっちりと王太子の側近である男子に拘束されていてそれも叶《かな》わない。

早く、早く、この場を去りたい。この場から居なくなりたい、一人になりたい。

嗚呼《ああ》、何て、気持ち悪いのだろう。


吐き気を必死に堪えつつも、ルピアはどうにかギリギリのところで我慢していたが、両脇の二人が『王太子ご夫妻の祝いの席だ、笑え』、と命じてきた。

そのあまりの言いぐさにルピアの中でぷち、と何かが切れたような音が聞こえた。怒りをたっぷり込めた瞳で、ルピアは両隣に立つ二人をギロリと睨《にら》み付《つ》けると彼らの体は恐怖から硬直してしまったらしい。

「……お前たちは、誰に命令しているのかしら。わたくしは婚約解消されたといっても、カルモンド公爵令嬢であることに変わりはないわ。お前たちの家は……確か……男爵家、だったわね？」

いつかお前は王妃となるのだ、と言われ続けて育ったルピアの持つ迫力に、どうやったら敵《かな》うと思うのだろうか。ルピアの背後に控えるカルモンド家専属騎士であり、ルピアの護衛騎士であるアルフレッドは、ルピアの背を見ながら溜息《ためいき》を吐《つ》いていた。

「たかが男爵令息のお前たちが、このわたくしに命令？　何様のつもり……？」

静かに、ただそう問いかけたルピアの底の見えない怒りに何も言えなくなった二人は、少しだけ彼女との距離を取った。

ルピアはようやく彼らの拘束から逃れられたのだが、それで許すわけもなく、その男子二人に呆《あき》れたような目をむけた。

「……具合の悪い人を両脇から拘束してまで立たせっ放しにして、挙句の果てに祝いの言葉を強要するなんて……。顔も名前もしっかり把握しているから、後で我が家から抗議文を送りますわ」

冷たく言い放って、ルピアは更に一歩下がり、踵《きびす》を返してその場を離れようと歩き始めた。

「アルフ、付いてきて」

その場から足早に立ち去るルピアの顔色は、真っ青だった。それほどまでに具合が悪くなっているのにもかかわらずひたすら堪えていたことから、とてつもない精神力の強さが窺《うかが》える。しかし、さすがのルピアでも限界が近づいているのだろう、とアルフレッドは推測して、ルピアの後を追いかけて共に歩き出した。

ふらつくことなく、披露宴が行われている王宮の大広間を後にして、近くにあった控え室へと逃げ込むルピア。

誰かに跡をつけられてはいないか、と確認したアルフレッドがルピアに続いて部屋に入り、扉を閉めたところで限界がやってきたルピアは駆け足になり、慌てて控え室内のトイレに駆け込んでいった。

「お嬢様！」

アルフレッドの声が聞こえたが、もう無理だった。

込み上げてくる吐き気に抗《あらが》うことはせず、ルピアは胃の中のものを全て便器の中へと吐き出していく。

気持ち悪くて仕方ない、早く、どうにかしてほしい。何もかもを吐ききっても、まだ気持ち悪い。

あの王太子を愛してなどいないが、人の苦労を踏みにじってくれたファルティのことはどうにも好きになれない。

そう思ったところで、ルピアは自分の考えたことに対して違和感をもった。

「……あ、れ……？」

おかしい。わたくしは、ファルティの親友なのに、

――いや違う、アレは……ファルティは、わたくしの親友などではない。

ならば何故《なぜ》、『親友』だなんて？　同時進行でおかしなことを思っているのだろうか。

「……頭が、まわら、ない……」

胃の中のものを吐ききっても、なおルピアを襲ってくる胸焼けと更なる吐き気。今までこんなことはなかった、と戸惑う。

「…………っ、う……」

もう一度、吐けるだろうかと思い、ルピアは指を躊躇《ちゅうちょ》無く喉の奥に突っ込んだ。公爵令嬢が何をしているのだ、はしたない、と言われてもいい。今はこの不快感から解放されたかった。

「げほ、っ……！」

必死だったけれど、出てきたのは胃液のみ。もうこれ以上吐けるものは出てきそうにない。だが未《いま》だに残る胸のあたりの不快感。吐き出せるものならばどうにかして、全てを吐き出してしまいたい。

加えて、ルピアの思考回路を覆い尽くすかのような『ファルティを祝わなければならない』という意味不明な思い。

特段、ルピアはファルティと仲が悪いわけではなかったし、大して気にもしていなかったはず。どうしてこうも自分の思考回路は相反しているのか。

『ファルティはわたくしの大切な人、大切なお友達』

『いいえ違う、単なる学院の同級生。お友達なんかではないわ』

自分が二人いて、左右から別々のことを囁《ささや》かれているかのような、奇妙な感覚。

吐き気はどうにか治まった、とルピアは思ってよろよろと立ち上がり、洗面台で口をゆすいでからようやくトイレから出る。トイレから出てきたルピアの顔色は、全く生気のない土気色だった。

これはまずいのでは、とアルフレッドはルピアに駆け寄るが、ルピアは片手を上げて彼を制した。

「……大丈夫よ。……そんなことよりも、誰も来ていないわね？」

「はい、お嬢様。誰も来ていませんし、跡もつけられておりませんでした」

「そう、なら良いわ。……少しだけ、休むから、もし誰か来たとしても、ここには入れないで。……奥に簡易ベッドがあったわよね？」

「ございます。……公爵家に知らせを送り、馬車を手配しましょう」

「……そうしてくれると、助かるわ」

「かしこまりました」

幼い頃から自分を守り、時には厳しく接してくれるアルフレッドに絶対の信頼を置くルピアは、ふらつきながらもベッドへと向かった。イヤリングやペンダントを外し、ヒールも脱いで、髪型が崩れないよう仰向けではなく横向きに寝転がった。

同時に、『カルモンド公爵令嬢として、自分は何たる親不孝者なのだろう……』と溜息を吐く。

幼い頃からの厳しい王太子妃教育も、築き上げてきた王太子との関係性も、自分が担当させてもらっていた諸外国との貿易のやり取りも、全て、何もかもファルティに奪われるというのか。

確かにファルティは愛らしく、淡々と王太子妃候補として王太子に接していた自分よりも彼のことを癒《いや》してくれるに違いない。だが、これは国の政《まつりごと》に関わってくる婚姻だったはず。しかし、国王夫妻がファルティという存在を認めたのであれば、ルピアにはどうすることもできなかった。

公爵令嬢としての役割は果たせなかった。だから、ルピアは大切に育ててくれた父母に対して、本当に申し訳ない思いでいっぱいだった。

「もう、いいか……」

ぽつりと零《こぼ》れたルピアの呟きを拾う者は、誰もいない。

瞼《まぶた》を閉じ、少しだけ眠ろうとしたその時、ぱりん、と何かが割れるような音が響いた。

「……え？」

重い体をどうにか起こしてあたりを見回すと、何故か白黒の世界が広がっている。ルピアは自分の目がおかしくなったか、と手のひらを見てみると自分の肌には色がある。

周りの景色の色だけが、全て消え去って白黒になっていた。

カラーなのはルピアだけ、という何とも奇妙な世界となってしまっている。一体どうしたことなんだろうか、とルピアが周りを確認していると、明らかに人間のものではないような、感情のない無機質な声……とても声とは呼べないような音が、聞こえた。

「なに……？」

《ゲームは、エンディングを迎えました。これより、システムからルピア＝カルモンドを始めとし

たキャラクターの行動について、機能制限の解除ならびに、全てにおいての『解放』を行います》

「――は？」

無機質な声が、淡々と響く。

改めてルピアは周囲を見回したが、勿論この部屋には自分以外、誰もいない。持って生まれた魔力を展開し、探知魔法を使っても何の気配もない。

「一体何が……どうなって……」

《システムからの、解放完了。これより現実世界《リアル》が開始されます》

「げん、じつ、って……え？」

再びぱりん！　と音がして、ルピアの周りの世界に色が付いた。今までと何も変わらない、普段通りの世界。

「な、……なん、なの……？」

そして、あれだけあった吐き気までもが、すっきりと消えている。胸焼けも、不快感も、もうない。

ようやくすっきり出来た、と安堵《あんど》する一方で、『システムからの解放完了』という意味不明な言葉と、それを言っていた無機質な声が頭の中を回る。

「エンディング、とか言っていたわね……」

聞き慣れない言葉に、ルピアは一人訝《いぶか》しげな顔をするが、答えてくれそうな人はここにはいない。

今は、とりあえず公爵邸に帰ることを優先させよう。疑問は色々とあるけれど、先程嘔吐《おうと》したことで体調が少なからず悪化している。少しでも回復させねばと思い、ルピアは起こした体を再び横たえた。

「システムからの、解放……ねぇ」

そう呟いて、襲ってきた眠気に負けてしまい、そのまま目を閉じた。

少しの間眠っていたらしく、ルピアの体調はやや良くなっていた。もしかしたらルピアが眠っている間に、アルフレッドは一度来たのかもしれない。

トイレで嘔吐していたときはいたが、体調は少し良くなったものの、如何せんまだ本調子ではない。そんなルピアを気遣ってか、護衛のアルフレッドも今は室内にいない。

それよりも、先ほどのあの無機質な声と何かが割れるような音は何だったのだろう。考えてもいまいち分からないが、ゲームがどうとか言っていたな……とルピアは身体《からだ》を起こしつつ、意味を考えてみる。

――ゲーム、つまりは遊戯。

　更に意味が分からなかったのは、『システムからの解放完了』とか何とか言っていた、何かの台詞《せりふ》のようだけれど、どこまでも無機質な棒読みのあの声。解放、が意味するところもよく分からない。

　上体を完全に起こし、ベッドに腰かけた状態で状況整理をしてみる。

「そもそも、システム……？　って何なのかしら」

　うーん、と思わずルピアの口からうなり声が出てしまう。

　聞きなれない単語と、人ではないと思われるあの声。分からないことだらけでしかない。

「……システム……システム、ねぇ……。ダメだわ、何も思い当たらない」

　何を意味するのかは分からない。だが、少なくとも何か煩わしいことから解放されたのは事実なようだ。

　なお、この煩わしいと感じていた奇妙な感覚について、ルピアが違和感を覚えたのは、彼女が王立学院の最高学年に上がった頃、十七歳のとき。

　ある朝起きたら、何だか頭の中がモヤがかかったようにぼんやりとしていた。王太子妃教育や次期公爵としての後継者教育で疲れているのだろうか、くらいの感覚しか抱けないままだったが、あっという間にルピア自身にとっての『普通の日常』が、この瞬間から失われていったのだ。

特別に親しくもなく、かといって関わりがなかったわけでもないファルティのことを、ルピアは突然『大切にしなければ』と思うようになっていた。それはあっという間にルピアの中で大きな感情へと変化していき、いつしかファルティを親友だと思うようになっていた。

教室移動も、ランチタイムも、学院の放課後も。いつでも二人でいる光景は、最初こそざわつかれていたのだが、それもあっという間に当たり前のことだと皆に受け入れられていった。

卒業を経て、今までの一年半、この状態で過ごしていたルピアだったが、今、この瞬間、霧がさっと晴れたかのような気がした。

現に、ルピアの意識を覆っていたモヤのような、気持ちが悪く、得体のしれない感覚が全てなくなっている。

そう、ファルティのことを大切だと思っていた、あの奇妙な感覚が完全に消え失《う》せている。

そもそも、彼女は親友でもなんでもなかったではないか、とルピアは己に言い聞かせる。たまに図書館で遭遇して、机がいっぱいだったときに相席して一緒に勉強をするというくらいの仲。

伯爵令嬢にして特待生、というのは知っていたけれど、ファルティに関する認識はあくまでその程度。

そもそも、ルピアに親友と呼べる人間は相当少ない。心の内まで曝《さら》け出《だ》せる人など片手で足りるくらいだ。

あとはクラスメイトとして程々に親しかったり、あるいは親同士の仕事の関係で親しくさせてもらっている令嬢たち。

貴族令嬢として当たり前のように本音と建て前を使いこなし、人間関係の広げ方も知っておかねばならなかった。未来の王太子妃となるべく、だ。

だが、ファルティが王太子と恋人になって、あっという間にルピアと王太子の婚約関係が解消されてしまった。

王命により結ばれた婚約の解消。カルモンド公爵令嬢として思うのは、『そんな簡単に王命を覆してしまうのか』ということ。とはいえ、王太子妃教育の中で得られた知識、身に付けたマナーに関しては、教育係の夫人へむしろお礼を言いたいくらい。

もう、王太子リアムと関係なくなるルピア＝カルモンドという公爵令嬢は、王太子妃候補として与えられていた王宮の一室を引き払う準備をしていたのだが、何故か、親友としてファルティの補佐をしてほしいとか言われていたような記憶が薄《う》っすらある。こちらについてはお断りだ。手を貸してやる必要性を感じない。

婚約者という立場を自分の意思で奪ったのだから、自力でどうにかしてもらわないと困るのだ。

それくらいのこと、考えれば分かるだろうに……と誰もいない室内で盛大にルピアは溜息を吐く。

「わたくしの記憶、さっさと毒なり魔法なりで消してくれないかしら」

ルピアが疲れたようにそう呟いていると、部屋の扉がノックされる。コンコンコン、と三回。結構な速さで。

「どうぞ」

外に聞こえるようにルピアが大きな声で入室を促すと、急ぎ足で室内へと入ってくる父と母、そしてアルフレッドの姿があった。

「お父様……お母様……⁉　え、えぇと……アルフレッド、貴方《あなた》が……お二人を……？」

「はい。披露宴は終わりましたし、何よりお嬢様の体調が優れない旨を早く公爵ご夫妻に申し伝えねばと思いまして。馬車手配のついでに、知らせてまいりました」

「そ、それは……ありが、とう……？」

馬車を手配するようにはお願いしたものの、その到着の早さにルピアは一瞬戸惑った。が、一番心強い味方が来てくれたことには変わりない。

ルピアがアルフレッドにお礼を言い終わるが早いか、というタイミングでカルモンド公爵夫人ミリエールは、己の娘をぎゅうっと抱き締めた。

「あぁ……っ！　わたくしの可愛いルピア！」

「⁉」

ルピアは咄嗟《とっさ》についていけず、思わず目を真ん丸にしてしまう。ミリエールに抱き締められるのは、一体いつぶりだろうか、と思いながらも、抱き締めてくれる母の温かさには気持ちが安らいだ。

「さぞや悔しかったでしょう……！　本来ならば貴女《あなた》があそこにいるはずだったのに！」

ルピアの心が安らいだのも束の間《つかま》。ミリエールは今回の件については相当怒っているようで、穏やかな口調はどこかに家出してしまっていた。

「お、お母様……」

「王太子殿下も国王陛下ご夫妻も、揃いも揃って、本当に馬鹿げたことをしてくれたものだわ！　わたくしの自慢の、可愛いルピアになんてことを！」

「あ、あの！　お母様！」

娘の叫ぶような声にようやく我に返ったミリエールは、あらいやだ、と小さな声で恥ずかしそうに呟く。

カルモンド公爵夫人は、心を許した相手や家族の前ではついうっかりこうした姿を見せてしまうことがある。だが、これまでの自分の記憶を辿《たど》ってみたルピアだったが、今まで母親が自分に対してこんな姿を見せたことなど無かったから戸惑いが勝っていた。

「一体どうなされたというのですか、お母様。わたくし、婚約解消に関しては気にしておりませんわ、本当に。ええ、心の底から」

「え？」

「え？」

最初の『え？』がミリエール。

次の『え？』がルピア。

ここまで、現カルモンド公爵であるルピアの父、アリステリオスは特に何も発さずに、我が子と妻の様子を窺っていた。

というのも、学院生活を送る娘が人形のような無感情な顔をすることが多くなっていたからだ。ルピアに『淑女たれ』と王太子妃教育をしてきたのは公爵家に代々仕えてくれている教育係の侯爵夫人だ。

そして、その夫人からのルピアの評判はすこぶる良いのだが、夫人の指導でルピアが人形のようになったわけではない。別の要因があるはずだが、今のルピアからはそんな不自然な様子が微塵《みじん》も感じられなかった。

「ルピアよ」

「はい、お父様」

アリステリオスが名前を呼ぶと、しゃんと背筋を伸ばし真《ま》っ直《す》ぐにこちらを見てくる娘。こうして見ていると、あの学院に通っていた間に何かしらの魔法にかかってしまっていたのではないか、と錯覚してしまう。

「今の気分はどうだ」

「婚約解消に関してはお礼を、体調に関してということであれば……あまり、良くないですわ」

「だろうな。顔色が悪すぎる。ミリエール、アルフレッド、帰るぞ。アルフレッドはルピアを護衛せよ」

「はい、貴方」

「かしこまりました、公爵閣下」

アリステリオスからの簡潔な問いに対する、ルピアの簡潔な答え。そうだ、これこそが本来のルピアが見せる姿。長ったらしくならず、簡潔に。最近の人形のようなルピアでは、きっとこうはいかなかったであろうと想像できる。

父として、人形のようになってしまっていたルピアのことが心配でたまらなかったが、公爵家当主というアリステリオスの立場もある。人前で大っぴらに、愛娘《まなむすめ》とはいえルピアを心配しまくるわけにはいかない。だが、もうそんな体面など投げ捨ててでもこの娘を守ろうと、そう思った。

アリステリオスとミリエールに続き、ルピアとアルフレッドも歩き始めようとしていた。

「アルフレッド、手を貸してちょうだい」

「はい、お嬢様」

ふらつきながらも立ち上がり、アルフレッドが差し出した腕にルピアは自分の手を乗せて歩き始めたが、歩みは遅い。それどころか足元はふらついていた。

娘の歩がやけに遅いな、と思い、アリステリオスはルピアとアルフレッドを振り返って確認した。

一体どうすれば、ルピアがこのようになってしまうのだろうとアリステリオスは考えるが、原因は全くと言っていいほど思い浮かばない。

たとえ体調が悪くとも、足をひねっていても、痛みや辛《つら》さを顔に出すことなく公の場での振る舞いをこなしていた、大切な愛娘。勿論ながら体調が良くなるように、早く傷が治るようにと治癒術士の派遣も怠ることはなかった。

だが、今は考えていても仕方ない、とアリステリオスは思い、踵を返してルピアの元へと向かった。

「ルピア」

「は、はい。歩くのが遅く、誠に申し訳ありま………きゃあっ⁉」

有無を言わさず、アリステリオスはルピアを抱き上げる。抱き上げられた当の本人は顔を真っ赤にして狼狽《うろた》えていたが、ミリエールに「駄目よ、今は甘えなさい」と優しい声音で言われてしまい、頷《うなず》くことしかできなかった。

重くないのか！　と慌てているルピアの心情に反し、アリステリオスはずんずんと進んでいく。

カルモンド公爵家は軍人の家系でもある。昔、騎士団長として王国に仕えていた当時の王弟の血の流れを継承しているので、アリステリオスも代々のしきたりに従って王国騎士団長として思う存分力を発揮している。

鍛錬は怠らないため、四十二歳ながらもアリステリオスの力はその辺の成人男性より遥《はる》かに強いし逞《たくま》しい。そんな父に抱き上げられ、王宮内を進み、周りの貴族にぎょっとした眼差《まなざ》しを向けられながら、紋章のついた馬車まで、あっという間に辿り着いたのであった。

そして、乗り込む直前でようやくアリステリオスはルピアを下ろしてくれた。子供のように抱き上げられて運ばれるだなんて恥ずかしすぎるが、こんなことは一体いつぶりだろう、とルピアは考える。

幼い頃から王太子妃教育を受け、誰もが羨むような淑女たれ、と言われ続けてきたせいか、親にもあまり甘えられなかった。王太子妃教育を抜きにしても、ルピアは公爵令嬢なのだ。

親にベタベタと甘えすぎるわけにはいかない。幼いながらにルピアは自分に言い聞かせながら過ごしてきた。

そのため、今の父の行動は恥ずかしすぎた。また、母であるミリエールも今はやたらとルピアを甘やかしてくれているような気がしていた。

馬車に乗り込むと、早々に出発する。馬車の外の景色は、ゆっくりと、そして少しずつ早く流れ始めた。

走る馬車の中、両親と三人でいるのはいつぶりだろう、とルピアはぼんやりと考える。

昔、王宮に向かう馬車の中では、確かこうしていたな……とルピアが思っていると、こちらを見て微笑んでいる父と母と目が合った。

「お父様、お母様。何か、ございましたか？」

「いや、ようやくルピアがこうやって普通にしてくれているな、と思ってね」

「そうよ。貴女、最近人形のようだったんだから」

「……人形……ですか？」

ルピアに自覚などあるわけもなかったが、父と母にはそう見えていたらしい。

そして、先程控え室にいたときに聞こえてきた無機質な声が、ふとルピアの頭を過《よぎ》った。確か、あの声は『システムからの解放完了』だとか言ってはいなかっただろうか。

もし……もしも、だ。システムとかいう何かに操られていたとか、そういうことがあったのならば、父母の言うことも理解できなくはない。

「あの……わたくし、そんなに……おかしかったのでしょうか？」

「ええ。どうしたの？　何かあったの？　と聞いても、ルピアったらまるでお人形のように『何でもありませんわ』を繰り返していたんだから」

「え……？」

母から聞いた内容に、『何だそれは』とルピアは思った。人形、というよりもまるで自動人形《オートマタ》ではないか、と。

決められたように動き、もし何か問われても最初から組み込まれたように『何でもない』を、繰り返す。

その時のことを思い出そうとしても、頭痛がしてうまく思い出せない。思い出そうとすればするほど、ルピアは頭痛が酷《ひど》くなってくる。

「う、っ……」

「ルピア！　顔色が……！」

「いかん、まだ調子が悪かったのだな⁉」

「い、いえ……ちが……い、ま……」

痛みで割れそうになる頭をおさえ、あの声を思い出してはいけない！　とルピアは、出来る限り気を紛らわすようにと心がけるが、頭痛はすぐには治まってくれそうにない。

きっと、何か理由があるのだろう。

あの時聞こえてきた無機質な声。声の主と会話ができれば、と思っていたルピアの視界がぐにゃりと歪《ゆが》む。

どうやら限界を迎えてしまったようで、泣きそうな両親の姿を見たのを最後に、ルピアは意識をついに手放してしまったが、その直前に父に抱き締められ、母からは『もう大丈夫だからね』と、とても優しい声で言われたような気がした。

第一章　『悪役令嬢』の役目をもらった令嬢

王太子夫妻の結婚式から、遡ること、おおよそ半年前の話。

ルピアがそろそろ学院の卒業を迎えるという頃、カルモンド公爵夫人、ミリエールは娘の異常事態に顔色を悪くしていた。

「ルピア……っ、あぁ、なんということなの……」

これまで、どれだけ辛《つら》くともルピアは弱音をはいたことはない。

己の役目を誰よりも理解し、王太子妃教育も、公爵令嬢としても、そして、万が一の時のための次期公爵としての教育までもを、ルピアはきちんとこなしてみせた。

――だが、最高学年に上がってからしばらくして、人形のように、ルピアの表情から一切の温度がなくなった。

どれだけ周りに厳しくしても、皆が理由を知っているから受け入れてくれていたし、気を抜いて良い場面ではしっかりと抜いて、公私の区別がきちんとついていたのだ。

何かあったのだろうか、もしや具合でも悪いのか？　と父母に聞かれてもルピアは『何でもない』の一点張り。普段通りに登校し、帰宅し、王太子妃教育を受けるために王宮へと向かう日々。

両親は勿論《もちろん》心配していたのだが、ルピア本人に『何でもない、大丈夫』と言われ続けてはどうすることもできなかった。体調管理はきちんとできているし、何かを隠しているような素振りもなかったのだから。

だが、ルピアのあまりの変わりようには、心配するなという方が無理がある。ミリエールとアリステリオスは、向かい合って娘のことを話していた。

「貴方《あなた》、もしかして王立学院でこの子に何かあったのかしら……」

「可能性はゼロではないだろうな」

アリステリオスの眉間に皺《しわ》がよる。

王太子妃教育を受け、同時進行で公爵家の跡取り教育も受けていた。さすがに両方を同じ速度で進めるというのはやりすぎかと感じたため、跡取り教育の進みを少しだけ緩めた。

そうするとほんの少しだけ気持ちに余裕ができたようで、家に居て、気の許せる人の前でだけは『公爵令嬢ルピア』ではなく、『ルピア』という一人の少女であった。

好きなお菓子を見て目を輝かせたり、それを美味《おい》しそうに食べてくれたり、またある時は趣味の一つである読書に耽《ふけ》ってみたり、と。

それなのに、王立学院の最高学年に上がって数ヵ月経過した頃、屋敷《やしき》のメイドが真っ青な顔でアリステリオスの執務室へと駆け込んできたのだ。

主人の部屋に駆け込むとは何事か！　と執事長であるジフが叱ったものの彼女は震える声でこう

告げた。

「お嬢様が、人形のようなのです……！」

その場にいた全員が、メイドの言葉に『何を言っている』という顔をした。

新入りのメイドだったから、公爵令嬢として『公』の場に出るときのルピアが無機質に見えたのだろう、とアリステリオスとジフは相手にしなかった。その場は下がらせておいたのだが、ルピア専属侍女であるリシエルまでもが、ある日、真っ青な顔で、『お嬢様がおかしいんです！』と報告してきたのだ。

同じ訴えに、ジフとアリステリオスは顔を見合わせた。

新入りが言うならまだしも、リシエルはルピアに仕えてかなり長い。ルピアが五歳の頃からずっと専属として付いている彼女が、先日の新入りメイドのように顔を真っ青にしているのだから、ただ事ではないと判断して様子を窺《うかが》いに行ってみた。

ルピアは庭園を散歩しているということだったので、公爵家の中庭に出向いてみると確かにいた。遠目から見れば違和感があるというわけではなかったのだが、話しかけたタイミングで、アリステリオスも、ジフも、ぎょっと目を見開いた。

「何でしょうか、お父様」

あまりに平坦《へいたん》すぎる声と、アンティークドールのように変わらない表情。凍り付いていると言っても過言ではない。

見たことのない様子ではあったが、狼狽《うろた》えてはならないと己を律し、アリステリオスは平常心を保って娘へと問いかけた。

「いや、ルピアは今の時間は息抜きかい？　今日は登城して王太子妃教育ではなかったかな」

「……大丈夫ですわ、お父様。全て問題ございません」

え、と声を出したのは誰だっただろう。

問いかけに対しての答えがまるでかみ合っていない。

「ルピア……？」

「わたくし、お部屋に戻りますわね」

普段はもっと会話が続くし、あのような無機質な目をする子ではなかった、とアリステリオスの背を冷たい汗が流れる。

先日、ルピアの状態を訴えてきた新入りメイドには、ジフとアリステリオスそれぞれから謝罪した。新入りメイドも、公の場に出るための表情で接されたように思いたかったが、見かけるたびに人形のようでどうすればいいのか分からなくなっていたとのことだった。

使用人達《たち》の中でも噂《うわさ》になりつつあったようで、一度使用人全員を集め、所用で長らく家を空けていたミリエールも交えて聞き取りがされたのである。

最初、ミリエールはピンと来ていなかったようだが、愛娘《まなむすめ》の様子を見て呆然《ぼうぜん》としてしまった。

「あの子に何があったというのですか……！」

あのような顔をする子ではなかった、と震え、泣くミリエールの背を、アリステリオスは優しく撫《な》でる。

使用人達にもルピアを慕っている者は多く、どうすればいいのか悩んでいたが、誰にもどうすることもできなかった。体調を崩しているわけでもないので、医者に診《み》せることもできなかったのだ。

何もできないまま王立学院の卒業式の日を迎えたのだが、その後、王宮の貴族会議にて、国王から会議の出席者に向けて驚くべき発表がなされた。

【王太子妃候補を、カルモンド公爵令嬢からアーディア伯爵令嬢ファルティへと変更する。カルモンド公爵令嬢についてはこれまで学んだ内容を活《い》かし、アーディア伯爵令嬢の補佐役となるように。更に、王太子妃教育についても、困ることのないようサポートをすること】

何とばかげたことだ！　とアリステリオスは内心憤った。

何のための婚約だったのか、何をもってしてルピアと王太子であった第一王子との婚約を破棄させたのかと、王に問うたが『もう決めた』で会話は終了してしまった。

どれほど娘の尊厳を踏みにじれば気が済むのか、と会議の場で反論したかった。そもそもファルティ＝アーディアとかいう娘は何なのだと、アリステリオスが調べ尽くしたところアーディア伯爵家令嬢で気立てもよく、成績も大変優秀で王太子であるリアムと恋仲であったという。

そう知ったとき、アリステリオスの中の何かが一気に冷めていった。

そちらがその気なら、こちらも家族を大切にしよう。娘を踏みにじった者たちを許してなるものかと心に誓って、会議の場を後にしたのだった。

王宮でのバカげた会議の後、常ならば国王陛下との謁見を申し込み、必要事項に関して内容の確認を行っていたアリステリオスだったが、それをしないまま早々に帰宅した。

発表された内容についてミリエールに伝えると、同じようにミリエールも激怒した。

会議の場では感情を露《あら》わにしなかったアリステリオスがこうして感情を露わにするのは、己の大切な存在であるルピアを傷つけられたから。


公爵夫妻は、これでもかと娘を可愛《かわい》がっているのだ。現在進行形で。


なお、夫妻にはもう一人子供がいる。ルピアの双子の弟であるルパート＝カルモンド。彼はとてつもない姉バカ、もといシスコンであると国内では有名だった。

姉が王太子妃になるならば、自分は姉を守る騎士になる！　と幼い頃に決意して、隣国へと留学した。武術に長《た》けている隣国の学院にて、剣術だけではなく魔法も身に付け、姉の婚姻と共に王国騎士団に入団すべく準備をしているという抜け目の無さだったのだが、思いもよらない父からの報告にルパートは激怒した。

知らせを聞いてから一週間後、早々に休学の手続きをして一時帰宅をし、父母に姉の状態を聞いて部屋に向かい、短い会話を済ませて両親の元に戻ってきて発した彼の台詞《せりふ》は、『この国を、捨てましょう』だった。

「まぁそのあれだ、落ち着きなさい」

「落ち着いている場合ですか父上！　何なんですか国王陛下も王太子殿下も！　姉さんのことを馬鹿にしすぎていませんか⁉」

「貴方の怒りを見ていると冷静になれてしまったわ、ルパート。とりあえず落ち着きなさいな」

「母上！」

「ルピアお嬢様のことが大好きなのは存じ上げておりますが、ハーブティーを飲んで落ち着いてくださいませ、おぼっちゃま」

「ジフまで⁉」

いくら怒っていても、自分以外の怒りがそれ以上であれば、人は冷静になれるというもの。

ルパートのあまりの怒り具合に、公爵夫妻と執事長はあっという間に冷静さを取り戻したのである。

幼い頃から誰よりも努力している姉が大好きで、負けていられないという気持ちがきっかけではあったが、ルパートはそれ以上に姉を尊敬していた。だからこそ、扱いの軽さが許せなかった。国王夫妻も、王太子も、一体何を考えているというのか。

「ファルティとかいう伯爵令嬢には申し訳ないが……我が娘をこのように扱われることを許せるわけもない」

「当たり前ですわ」

ミリエールの言葉に頷《うなず》いて、ルパートが続けて言った。

「このままだと早々に物事が進みますよ。どうにかして姉さんの意識を正気に戻せないの？　っていうか、姉さんってあんな感じの……何て言うか人形みたいな……妙な雰囲気だった、っけ？」

ルパートの言葉に、アリステリオスとミリエール、ジフは顔を見合わせる。

「父上、母上？」

「いや……ルピアは王立学院の最高学年に上がってしばらくしてからずっと、ああなのだ」

「は？」

「正確な時期は分からないのだけれど……。でもね、お医者様に診せられるものでもないでしょう？　具合は悪くない、って本人が言うんだし……」

「診せましょうよ。さすがにひどいですって」

でもね、とルパートの言葉に対してミリエールは言う。

「だって、本人が『具合は悪くない』って言うし、顔色も悪くはないじゃない？」

「……っ、そういうことじゃない!!　姉さんの精神状態がぎりぎりすぎるんでしょうが！」

ルパートのもっともなツッコミに、全員がいたたまれなくなる。

ルパートは溜息《ためいき》を吐《つ》くも、両親の言わんとしていることも理解できてしまった。

体調が悪くないのに医者を呼べば、姉の自尊心が傷ついてしまうかもしれない。

まして、王太子妃としての未来をありとあらゆる人たちから期待されていたのだから、もしかしたらちょっと気を張っていただけなのかもしれないと思うと、ある意味で姉の様子には納得もできてしまう。

そして母たちが言っていた通り、姉自身は『大丈夫』と言うのだから、手が出せなかったのだ。

「……とりあえず、俺は早々に卒業試験を受けて帰国するようにしますから、姉さんを何とかして家に居させましょう。このままの勢いだと、その伯爵令嬢と王太子殿下、結婚式を挙げた上で姉さんを王宮に幽閉しかねませんよ」

「そうね……。それはわたくし達でどうにかするわ」

ルパートの予想通り、卒業式が終わってからあれよあれよという間に、ファルティとリアムの式の日取りは決定してしまった。

式は、半年後。王太子妃候補から外されたルピアはもちろんのこと、公爵夫妻も、結婚式への参加を義務付けられていた。

当日、夫妻は微笑《ほほえ》みながら主役の二人へと、まるで自動人形《オートマタ》のように拍手を送るルピアの様子を苦い表情で離れた席から見守っていたが、不意にルピアの表情が変化した。

悔し気な、というよりも苦し気な顔。見慣れた者にしか分からない範囲での娘の変化に、公爵夫妻はどちらからともなく顔を見合わせる。

あれは、何かを我慢している顔だと、すぐに気が付いた。披露宴の終了する少し前に、ルピアは会場を離れてどこかに行った。勿論、護衛騎士のアルフレッドを伴って。

自分達の居場所を把握しているアルフレッドが付いていているならば大丈夫だと確信し、公爵夫妻はいつでも席を立てるように準備を密《ひそ》やかに進める。

ミリエールは手持ちのバッグをしっかりと持って、アリステリオスはすぐに立てるように体勢を変えておく。それが功を奏して、アルフレッドが呼びに来てくれた時には、迅速にルピアの元に駆け付けられたのだ。


小さな控え室に逃げ込むかのように入ったルピアの元に駆け付け、娘と顔を合わせてすぐわかった。昔のように、ルピアの目に光が戻っていた。

一年半近く人形のような顔しかしていなかったルピアが、ようやく『人』に戻ったような感覚に公爵夫妻はとても喜んだ。

アリステリオスはあまり感情を表に出さないように気を付けていたが、ミリエールは無理だったようで、遠慮なくルピアへと抱き着いた。

大好きよ、と全身で表現する妻と、驚いている愛娘。ようやく昔のような光景を見られたと、内心喜ぶアリステリオス。

どうやらルピアの想《おも》いとこちら側の想いに温度差があるらしいと気付いたアリステリオスは、ひとまず帰宅することを選んだ。

馬車まで向かい、乗り込んでからも、ルピアはとても体調が悪そうに見えるし、加えて何かを言いたそうにもしている。そんな状態の娘を放置などできるわけがない。この一年半の間、何があったのかもきちんと整理をしたい。

馬車の中でついに倒れてしまったルピアのことを、父として、公爵家の人間としても守ろうと心に改めて誓ったアリステリオスはミリエールを真《ま》っ直《す》ぐ見て告げた。

「ミリエール、この子にはまず休息が必要だ」

「ええ、貴方」

「それと、王家が我らを必要としていないとも言える此度《こたび》の件については、公爵家として容認できるものではない」

「……ええ、勿論」

ひやりと、馬車の中の温度が少し下がる。

アリステリオスの向かいの座席で、ミリエールにもたれかかり、ぐったりとしているルピアの顔色は見たこともないくらいに悪い。

これまでの肉体的疲労や精神的疲労が噴出してしまい倒れたのであれば、王太子妃としての役割もなくなった現在、登城させる必要もないだろうと判断する。

公爵家の一存で決定できるものではないかもしれないが、ルピアを切り捨てたのは王家そのもの。王太子であるリアムとの婚約も、彼の後ろ盾にカルモンド公爵家を欲した王家たっての願いからこそだが、それも不要ということなのだろうと判断せざるを得ない状況でしかない。

「まずは、ルピアに休息を与えよう。王家が何と言ってきても、それはわたしが止めてみせる」

「わたくしも微力ながら力添えいたしますわ。だって、娘のためですもの」

「ルパートも卒業したら一度帰ってくるだろうからね」

「あの子、卒業を早めてとかどうとか言っておりませんでした？」

「……」

「……」

言われてみれば、とアリステリオスは『卒業を早めて帰ってきます！』と息巻いていたルパートの様子を思い出す。

ルパートの留学先の学院の卒業条件の一つが、卒業試験担当の教官に手合わせで勝つことであった。それと併せて試験で一定以上の成績を示すこと。これらを満たせば『学院内で学んだことはきちんと学生自身の身に付いている』と判断される、らしい。

あくまでルパートから聞いた話なので、どこまで本当なのか判断がしづらいというか、双子の姉のためだけに卒業時期を早めるなどと誰が予想しただろうか。

思わず夫婦そろって顔を見合わせるが、ルパートはあれできちんとした息子なのでまぁ大丈夫だろうと思い、示し合わせたわけではないけれど頷き合う。

馬車は王宮から変わらぬ速度で走り続け、無事にカルモンド公爵家まで帰って来た。

出迎えてくれたジフを始めとして、馬車内でついにルピアが倒れたことを聞いたアルフレッドが慌てて御者席から来てくれ、そっと抱き上げてルピアを彼女の部屋まで運ぶ。

顔色は変わらず悪いままで、誰がどう見ても、ルピアにはしばらく静養が必要だろうと判断できるものであったし、この状態で王家から呼び出されたとしても、行かせるという選択肢はない。

そんな選択肢を取るのは、親として、否、人として鬼のような所業でしかないだろう。具合の悪いものを無理矢理呼び立てることはするまい、とアリステリオスは予想するが、どうなるのか正確なところまでは分からないので怖くもある。

しかし、今はただ、ルピアに休息を与えるべきだ、とアリステリオスは判断した。

使用人を含め、公爵家一同が頷き合い、心を一つにしたところで王宮では問題が発生していた。

そして、解決できる手段を持つカルモンド公爵が既に帰宅したことを知り、国王夫妻が困っていたのである。


アリステリオスと会話をしたかった国王は、帰宅を知って愕然《がくぜん》とした。

『カルモンド公爵夫妻も、令嬢も、皆さまとっくにご帰宅されたようです』という報告を受けた国王夫妻は、比喩表現でなく、実際に揃《そろ》って頭を抱えていた。今後について彼らと色々な日程などの調整をしたかったのだが、一体どうして今日という日に早々に帰宅などしてしまったのか、と国王は溜息を吐いた。

だが、国王とは反対に王妃は真っ青な顔で震えている。

何をそんなに怯《おび》えることがあるのか分からなかった国王は、王妃へと問い掛けた。

「どうしたというのだ、王妃よ」

「思い返せば……恐ろしいことをしたものだ、と……」

「は？」

国王は、王妃の言葉の意味が分からなかったらしい。だが、王妃が続けた言葉を聞いて、国王もさぁっと血の気が引いていくのを感じた。

「陛下、我が王家は、カルモンド公爵家という後ろ盾を……失った、ということではないでしょうか……？」

「……‼」

あ、と国王は思った。しかし、王太子であるリアムの妻となったファルティは、王立学院では成績優秀で、特待生で、品行方正で、と非の打ち所のない令嬢だった。一般的な貴族社会では、伯爵家という身分もいい印象を与えるのだろう。王太子妃の身分として定めているのは『伯爵家以上の家柄であること』だから、無論クリアしている。

――では、王太子の後ろ盾として、アーディア伯爵家の力はどうなのか？

そんなこと、言うまでもない。アーディア伯爵家は、カルモンド公爵家と比較して何もかもが不足している。

カルモンド公爵家は由緒正しき大貴族であり、王家に連なる血筋の持ち主。その家に生まれたルピアと王家に生まれたリアムが同い年であったことから『ちょうどいい後ろ盾だ』という理由で結ばれた、婚約関係。

恋愛感情を互いに抱いていたかどうかは分からない。二人とも賢い子だったから、家のため、あるいは国のためということをきちんと理解していたのだろう。

それが崩れたのは、王立学院の最高学年に上がってからのこと。

王太子リアムとアーディア伯爵令嬢、ファルティが出会い、少しずつ歯車は食い違い始めていった。縮まっていくファルティとリアムの距離と、反対に離れていくルピアとリアムの距離。後者が離れるに従って、学院の生徒達は揃って色めき立った。

国を代表するほどの大貴族であるカルモンド公爵令嬢を捨ててでも、所謂《いわゆる》『真実の愛』を取ろうとする王太子。そして彼をけなげに支えるファルティの愛。まるで御伽噺《おとぎばなし》のようだ！　と誰かが言った。

王立学院に通うのは貴族だけではなく、優秀な平民もいるのだ。彼らの娯楽といえるのが学院内の恋愛事情。

リアムにはルピアという婚約者がいるにもかかわらず、それがひっくり返った、ということであれば貴族も平民も食いつくに決まっている。非の打ちどころのなかったルピアに思わぬ悲劇がふりかかったことも、この恋愛話に浮きたっている人からすれば、おもしろくて仕方なかったのだろう。

リアムとファルティは一年間、しっかりと愛情を深め合い、あっという間に月日は流れて、リアムはルピアとの婚約解消を当然のものとして考え始めた。更には王太子妃としてファルティを迎え入れることとし、またまたあっという間に、とんとん拍子という言葉があまりにしっくりくるほどに、話は進んでしまったのだ。

「陛下、やはり、やり過ぎだったのではないでしょうか。ルピア嬢を、王太子妃候補から外し、ファルティのサポート役に命ずるなど……」

「……仕方がないだろう。リアムが、ファルティを王太子妃に迎えたいと断固たる意志を持ち、希望したのだ。王としても親としても、王太子である子の想いに添うのは当然ではないか？」

「しかし、そのことがきっかけで王国の中で力を持つカルモンド公爵家が、ルピア嬢を連れてこの国を捨てるようなことがあれば、王家は大きく力を失います!!」

「だから、ルピア嬢をファルティの補佐として、王太子妃候補の座を降りたあとも王家との繫《つな》がりを保とうと……」

「……それに耐え兼ねて、カルモンド公爵家は早々に去った、ということなのではありませんか⁉」

「……それは……」

王妃に詰め寄られ、国王は言葉に窮する。

だが、公爵が激怒して席を立つまでおかしさに気づいていないどころか、『そうすることが正しい』としか思っていなかったのだから、やはりどう考えても、おかしいのだ。

じわりじわりと、違和感は家臣から広がっていった。まずは下級大臣が違和感を訴え、披露宴が終わってからようやく国王夫妻も違和感に気付いたらしいが、『今更か』というようなことばかり。

披露宴の会場から公爵夫妻と令嬢が早々に帰宅したことで、『カルモンド公爵家がこのまま王国から離反したら、王国そのものの力が弱くなり、自分たちにも悪影響が出るのではないか？』と騒ぎ出した貴族が大勢いたそうだ。

「……王家として、謝罪をするしか……」

国王と王妃、二人が揃って顔を見合わせて困惑した表情を浮かべている。

お互いが、そちらが先に王太子の婚約者変更を歓迎したというようなことを言い合っている。しかし、どちらが最初に言い出したにせよ、公爵家という後ろ盾を失ってもなお、ファルティは価値ある令嬢なのか？　と嫌な問いがよぎっていく。

何らかの精神操作魔法を使われていたわけではないのに、『リアムの意志には、親として従ってあげることが当たり前のことだ』と思っていたのだ。

冷静になると、もはや後戻りができない状態になっていることを思い知らされてしまう。既に結婚式まで挙げてしまったのだから、今更『この結婚は無しだ』などという取り消しはきかない状態。

　せめて公爵の怒りをこれ以上買わないように、そして再び王太子の後見となってもらえるように頼み込まなければいけない。

　そう思っていたのだが、カルモンド公爵の行動はとんでもなく速かったのだ。

　まず、披露宴でルピアの置かれていた状況の責任がどこにあるかと問いただしてきた。国王も王妃も他の貴族が居なくて良かったと安堵《あんど》したが、だからといって公爵の怒りがおさまるわけではないし、喜べる状況などではない。

　たかがそんなこと、と国王は反論したかったのだが、あの結婚式の日、ルピアが体調を崩して控え室に避難したすぐ後で嘔吐《おうと》した挙句に倒れてしまったと聞かされ、王妃が小さく悲鳴を上げた。

『そ、そのようなこと、それは……』

『なんでも、我が娘に対して祝福を強要していたのは殿下お付きの、学院時代からのご友人である男爵令息たちだとか』

　はっはっは、と朗らかに笑うアリステリオスの目の奥は、少しも笑っていなかった。

　底冷えするような視線と、同じく冷たい声音には、反論させてなどやるものか、というアリステリオスの強い意志が込められていた。

『ルピアの体調が戻るまで、王宮には上がらせません。ルピアの手を借りずとも、大変優秀な王太子妃殿下であれば、今から教育係のご夫人にお願いすればいいだけではありませんか』

『それは』

『ルピアを登城させる意味は、どこにございますかな？』

アリステリオスが国王夫妻をじとりと睨《にら》み、問いかけた。情けなくも震えている国王に代わり、王妃がアリステリオスを見据えて言った。

『王太子妃が、望んでいて……親友である、ルピア嬢を、と……』

『おかしいですなぁ。かの王太子妃殿下は、我が家にいらしたことも、ルピアから友人として紹介されたこともございませんが？』

『そ、そんな！』

そんなことがあるはずはない、と王妃が反論するが、アリステリオスの表情はどう見ても真実を語っているようだった。アリステリオスは追い打ちをかけるように、更に続けた。

『具合の悪い者に、本人の承諾もなく、問答無用で補佐を押し付けようとは……いやはや、王家は我が娘がとことんまでお嫌いのようだ』

『違います！　決してそのようなことは！』

『貴方方が何と言おうとも、娘は静養させます。人前で決して弱いところを見せなかったあの子が、どれほどの精神的苦痛を味わったのか……。親として、子を守るのは当たり前ですから』

王妃は悲鳴をあげるように否定したが、そんなものをアリステリオスが聞いてくれるはずもなかった。失礼します、と言い残してアリステリオスは立ち去る。

退出を止めようと、王妃はアリステリオスの背中へと手を伸ばしたが、それで止まるわけもなく彼はそのまま歩き出した。

このまま公爵が帰宅してしまうと、いよいよ取り返しのつかない事態へと進んでしまうことは理解していた。だが、どうやって引き止めていいのか分からず、見送るだけとなってしまった。

『あ、あぁ……っ……！』

待って、行かないでと、か細く呟《つぶや》く王妃の声など、アリステリオスには届かない。

ぱたん、と扉が閉められてしまうと、もう部屋の中に残っているのは国王夫妻のみ。人に聞かれてはいけないと、内密に行われた話し合いであったが、公爵の怒りを収めることはできなかった。

むしろ膨れ上がらせてしまった気もする。

『どう、したら』

『分からん……』

呆然としている国王夫妻だが、何故《なぜ》自分達がルピアとリアムの婚約を解消してしまったのかは分からないままで、どちらからともなく頭を抱えた。

あれだけ王太子妃教育を頑張ってくれて、教育係の夫人からも褒められていたルピアを、どうして無下にできたのか。リアムもリアムで、国の王太子たるものが恋愛ごとにかまけるとは何事か、と今更思う。

とはいえ、もう後戻りはできないのだ。ファルティを王太子妃として認めたのは自分達なのだから。

◇◇◇◇◇◇◇◇◇◇

「あれー……何でだろう？」

その頃、王太子妃に与えられた豪奢《ごうしゃ》な部屋で、ファルティは悩んでいた。

「ルピアとは、親密度そこそこ高いはずだから……王太子妃の補佐をしてもらえるはずだと思ってたんだけどなぁ……どうして今迄《いままで》みたいにいかないんだろう」

むむ、と唸《うな》り声《ごえ》をあげたファルティは、少しの間悩んでから、手元にある羊皮紙へと今の状況を書き記していく。

「リアムとの結婚ルートに入れた、つまりこれが大団円ルートよね。一番難しいエンディングだけど、周りの皆にも認められた上、ライバル令嬢のルピアとも諍《いさか》いなく終わった、よね？」

さらさらと綺麗《きれい》な文字で綴《つづ》られる内容は、恐らく理解し難《にく》いものであることには違いない。

それもそのはず。ファルティが取ってきた行動は、あくまで『大団円ルート』に入り、皆から愛されて何よりも幸せな時間を過ごすことが最終目標だった。

だから、エンディングを迎えたその後が、どうなるかなど考えてすらいなかった。考えるわけもなかった、という方が正しいのだが。

なお、王太子妃となったファルティが自室でボヤいているその頃、王太子であるリアムは国王夫妻に呼び出されていた。

呼び出された理由が分からず、リアムは心底不思議そうに首を傾《かし》げていたが、これから帝王学の授業が本格的に始まっていくのだろう、くらいにしか思っておらず、言われた通りに国王の執務室へとやって来た。

身だしなみを確認してからノックすれば、室内から「どうぞ」と声がかかる。

「失礼します」と声をかけて入ると、そこには国王夫妻と、何故かずらりと大臣達が並んでいたのだ。

思ってもいなかった光景に、リアムはぎょっと目を丸くした。一体どうしてこんなところに呼ばれたのだろうか、と考えたが、分からないことに関しては聞かねばならない、と腹を括《くく》った。

「父上、これは……一体？」

「リアム、まずは彼らの言葉を聞け」

重たい口調で言う国王の顔には、焦りや憤りが浮かんでいる。

「彼らの……というのは、大臣達の言葉、ということでしょうか」

「そうだ」

はぁ、と周りに聞こえるような盛大な溜息を吐いて、まずは財務大臣が口を開いた。

「では、わたしから。殿下、王太子妃様のご予算が減ることは既にご承知かと思いますが……」

「ま、待て！　何だそれは！」

言葉を聞け、と言われていたのに財務大臣の言葉を遮って叫んだリアムに対して、大臣達からは、一斉に冷ややかな眼差《まなざ》しが向けられた。

だが一方で、あぁやはりな、と誰かが呟くと他の大臣達も揃って険しい顔つきを更に険しくし、冷ややかな眼差しの温度は更に下がることとなった。

冷たい視線からどうにか逃れようと、リアムは、慌てて財務大臣へと向き直り、王太子妃の予算が減らされるというのは何事だ、と怒鳴りつけるように問いかけた。

「どうして予算が減るというのだ！」

「当たり前でしょう」

「だから、何故！」

「カルモンド公爵令嬢が王太子妃候補であった際は、公爵家より、ご予算の援助がございました。『娘が王家と縁を結ぶのであればそれ相応のものが必要であろうから』と、公爵閣下御自らお申し出て下さり、別枠のご予算がご用意されておりました。カルモンド公爵令嬢が王太子妃とならなかった今、公爵家は王家に対してそのようなことをする必要などありますまい？」

「は……？」

それを聞いたリアムは、ぽかんと口を開けた。どうしてだ、と考えても答えなど出てくるわけもない。

更に、財務大臣は続けていく。

「公爵閣下は、ルピア様をそれはそれは大切に慈しんでおられますが故に、このようにご予算を追加で私財から賄われておりましたが……。あぁ……王太子殿下はご存じなかった、ということですね。承知いたしました。なお、いくら援助があったかは書面に残しておりましたので、現時点での余剰分を即座にカルモンド家へ返還する手続きに入ります」

「それではファルティの王太子妃予算はどうなるのだ！」

「どうなる、とは？」

「だから、その……減った分は！」

「ファルティ様が王太子妃になられたのですから、ファルティ様のご出身であられるアーディア伯爵家に御助力頂くしかないかと思われます。かつてルピア様が王太子妃候補だった時に、カルモンド公爵家がそうされていたように」

冷ややかな財務大臣の言葉に、リアムの顔色は青くなったり赤くなったりと忙しい。

「伯爵家に……そのような、負担をかけるわけには……！」

「王太子殿下。まさかとは思いますが、ルピア様が王太子妃候補であらせられた時の予算をお使いになって、ファルティ様に贈り物をなさっておいでだった、ということはありませんでしょうな？」

ぎく、と表情が強張《こわば》るリアムを見て、その場の全員が悟り、一斉に呆《あき》れた声と、大きな溜息を吐いた。

その状況には、国王夫妻も頭を抱えてしまう。ルピアが王太子妃候補だった頃の予算が、まさか『恋人』であった時代のファルティのために使い込まれていたなど、知る由もなかった。

まさかこのような事態になるとは思っていなかったらしいリアムは、慌てて全員を見回して言葉を続けた。

「っ、家臣として！　そう、家臣として、王家に、今後も変わらぬ忠誠を示すために……だな！」

「金を出せ、とそう仰《おっしゃ》るのですね？　公爵家に」

「そ、……っ、あ、……あの……」

「出すわけないでしょう」

リアムは必死に何か言おうとしているようだが、王妃がゆっくりと、しかしぴしゃりとリアムの言葉に被《かぶ》せるようにして言葉を紡ぐ。

「出さない理由としてまず一つ目。カルモンド公爵家は、貴方の後見を取りやめました」

「な、何故！」

「ルピア嬢が婚約者でなくなったからよ。そして二つ目、ルピア嬢は静養のために王都から離れるそうです」

「は……？　ルピアには、ファルティの補佐をするようにと命じたではありませんか！　家臣としての務めは果たして貰《もら》わねば困ります！　ルピアをすぐに呼び戻しましょう！」

「そうね……普通ならば、そうでしょうね。けれどまず、貴方には公爵令嬢を呼び捨てにする権利も資格もありません。それは理解しているかしら？」

「……っ」

淡々と語られる現実に王太子が混乱しているのは理解できるが、この状況を生み出したのは紛れもなく彼自身。そして現在王太子妃のファルティだ。

この二人の結婚を最終的に容認してしまった国王夫妻にも、いささかの責任はある。しかし国王夫妻も家臣たちも、リアムに振り回されたという意味では被害者だ。そしてこのような状況になった以上、カルモンド公爵家からすれば、全員ひっくるめて恨みの対象でしかない。

振り回すだけ振り回し、このような扱いを受けるだなんて、あってはならないとカルモンド家一同が、口を揃えるだろう。

カルモンド公爵家本家、分家問わずルピアの評価はとてつもなく高い。それはカルモンド次期公爵としての評価である。資質があれば男女問わず家督を継げる、という国の法律に則《のっと》り、公爵家の歴史の中には女公爵もいた。

そして、ルピアは王太子妃教育と公爵家次期当主としての教育を並行してこなせていたほどの才女。評価が低いわけが無い。そのような令嬢に対して、王家が下した決定は公爵家全体を怒らせた。

本家、分家問わず、示し合わせたわけでもないのに『この度のルピア様への対応については、王家が公爵家を不要だと判断したと理解した』、『カルモンド一族を馬鹿にしないでいただきたい』という内容の抗議文が届いているくらいだ。

それをようやく、今、知ったリアムは顔色を悪くした。

「わたくし達も勿論、浅はかだったんだわ。大臣達も、貴族達も、……はては学院の生徒達もね」

「そ、そうだ！　ルピアを側妃《そくひ》として迎え入れれば！」

「貴方……馬鹿なの？」

いかにも良《い》い案を思いついたと言わんばかりのリアムの発言だったが、王妃がそれを一蹴した。

一体そんなことをして、誰が喜ぶと思っているのか。

しかも、そんな案を言えば今以上に公爵家全体の怒りを買うことは間違いない。

「そうしたら公爵家が我が国を離れかねないけれど、理解はした上で今の案を言ったのね？」

「う……っ」

おかしい。

ここまで考え無しな我が子ではなかったと思うのだが、一体何があったというのか。無論、それは自分達にも当てはまってしまう。

　通常、王太子の婚約者の変更ともなれば様々な手続きを踏んだ上で、もっと時間がかかるものであるのに、多くの手続きをすっ飛ばして話を進めてしまった。しかも、この決定に関しては後から婚約を無しにしようとしても、そうは出来ないようにしていたような気がする。どうして、そのようなことをしたのか。さほど時間は経《た》っていないはずなのに、王妃も国王も、その当時の自身の思考回路が、理解不能だ。

「まったくもって、わたくし達揃って皆、頭がおかしくなっていた可能性すらあるけれど……まさか、王太子妃が広大な範囲で魅了の魔法を使ったということはないでしょうね？」

「ファルティはそのようなことはしません！」

「そう。まぁ、そういうことにしておきましょう。けれどね、これは覚えておかなくてはならないわ」

　王妃が言い終わると、国王が言葉を続けた。

「何がどうであれ、我が国はカルモンド公爵家をとことんまで軽んじてしまった。これは、揺るがぬ事実である」

　ごく、と大臣達が息を呑《の》む。

「カルモンド公爵家とそれに連なる分家の数々は、我が国の国防を担っている大事な家門である。……そんな彼らを、軽んじた。更に、これまで王太子妃候補として役割をしかと果たしてくれていた公爵令嬢にまで、大変失礼なことをしてしまったのだ」

「謝罪をしようにも、公爵家はこちらからの接触の一切を拒否しております。皆、勝手に動かぬように」

しっかりと言い含めてから、その場は解散した。

リアムは今更ながら己の決断が誤っていたのかと考えるが、ファルティを愛している気持ちや王太子妃に選んだことに対しては、間違いだとは思えなかったし、思いたくなかったのだ。

◇◇◇◇◇◇◇◇

「ルピアが静養に行く⁉」

ファルティへと提出された、現状のルピアに関する報告書。そこに記載されている内容を読んでファルティは愕然とした。

そんなはずはない、ルピアは自分の王太子妃教育に寄り添ってくれる、と確信していたのだから。

次々に積み上げられていくルピアに関する報告書の内容は、どれもファルティの予想の範疇《はんちゅう》を超えていた。ルピアの行動が予測できず、頭を抱えてしまう。

学院時代のように一緒にいられないからと、あれこれと手段を使ってくまなく調べていたのだが、報告書が提出されるたびにファルティは信じられない気持ちでいっぱいだった。

「だって……もう『クリア』してる、って……言われたのに……。エンディングにたどり着いてるのに……どうして……！」

「あ、あの、王太子妃殿下？」

「……っ、ご、ごめんなさい。ちょっと、その、動転してしまって……」

慌てて苦笑いを浮かべて誤魔化すが、王太子妃付きの侍女は怪訝《けげん》そうな顔をしている。なぜ邪魔ものであった公爵令嬢に、そこまで執着しているのか、と言わんばかりの顔だ。

そんなことにはかまわず、ファルティはルピアが自分の元から去った理由を考え始めたようで、執務用のデスクへと向かい、羊皮紙に現状を記載していく。

だが、記載している途中で、うっかり何か口走ると侍女に聞かれかねないと思い、ファルティは控えてくれている侍女へと向き直った。

「ねぇ、貴女《あなた》。少しこれからの予定や王太子妃教育のスケジュールについてまとめたいから、席を外してくれない？　あ、でも気分を落ち着かせたいからお茶は持ってきてほしいわ」

「かしこまりました」

先ほどまでの怪訝な表情を隠し、侍女は深々と一礼し、王太子妃の部屋を後にする。

出ていったのを確認してから座り直し、ファルティは今までのことをサラサラと羊皮紙に書いてまとめていく。

「ええと……王立学院の三年生からストーリーは始まったのよね。で、私は入学した時から特待生をキープしていて「主人公《ヒロイン》」になったから王太子殿下とこうして結婚までできた、これが大前提。

……問題なく『恋☆星《こいぼし》』の大団円ルートに突入できる要素は、言われた通りに全部揃えたんだけど
……おっかしいなぁ……」

うんうんと唸るファルティ。

彼女は王立学院に入学し、三年生に上がるまではごく普通の伯爵令嬢として過ごしてきた。伯爵家という家柄ながらも、『婚姻の相手は自分の意思で決めて良い』という大変寛容な両親のもとで育ち、十七歳時点ではまだ婚約者が居なかったのだ。

そして、両親がおおらかだったこともあり、一人の時や友人と一緒にいる時は伯爵令嬢らしからぬ口調になりがちなファルティだが、その癖は王太子妃教育が始まろうというのに抜けていない。

「もうクリアしちゃったから……神の意志《システム》と会話ができないのよね……」

はあ、と溜息を吐いて、ファルティがどうしたものかと悩んでいると、ティーセットの載ったワゴンを押して、侍女が入室してきた。気分を落ち着けたいと言っておいたから、どうやら香りがよく、心を落ち着けてくれる効能のあるハーブティーを持ってきてくれたようだ。

「ありがとう」

「いいえ、とんでもないことでございます。王太子妃殿下、何かございましたらお呼びくださいませ」

「ええ、そうさせていただくわね」

侍女が退出したのを確認して、ファルティは意識を集中させる。

「……よし、【ステータスオープン】！」

バァッ、と一瞬だけ周りが明るくなり、ファルティの視線の高さに、半透明のスクリーンのようなものが現れる。

そこに表示されているのは、今のファルティ自身のステータスと、ファルティの周りにいる人たちとの関係性や仲の良さが、所謂『好感度』として数値化されたもの。これが表示されている間、周りの時間は止まっているような感覚になる。

「……え？」

ほんの数日前までは全員分表示されていた好感度だが、今は少しおかしな表示になってしまっている。

まず、ルピアの好感度が無い。

「な、なんで⁉」

ごっそりと消えてなくなる、というよりは、ルピアの好感度が表示されるべき箇所だけ黒塗りになり、何も確認できない状態になっているのだ。

「う、うそ……。まさか、何かが捻じ曲がっているとか……そういう……？　あ、でもルピアは体調が悪くなった、とか言ってたからそのせい……？」

ウィンドウを消し、ファルティは再び手元の羊皮紙に、ステータス表示画面で見たままを、追加

[redacted]
[redacted]
[redacted]
[redacted]
[redacted]

でサラサラと書き込んでいく。

現時点で、王太子や彼の周りの人間に関しては好感度が最大。更に、ファルティのステータス自体も化け物じみた数値として現れている。だが、それはファルティの努力の証《あかし》。これは誰にも否定などさせたりはしない。

とはいえ、これはどうにかしなければいけないのではないかと、ファルティは顔色を悪くしていく。

「おかしくなってるのは、ルピアのところだけ……」

自分の数値は見慣れたものだ。

いかに化け物じみた数値といえど、あくまでそれは自分の努力の結果の産物なので何とも思わない。

「ルピアのお見舞いに行けば……原因が何なのか、分かるかなぁ……」

ぽつり、とファルティによって呟かれた言葉は、誰に聞かれるでもなく空気に溶けていった。

第二章　やり直しの準備

女性向け恋愛シミュレーションゲームである『恋☆星《こいぼし》』。

ストーリーは至って単純だが、真の大団円に向かうためのルート分岐や好感度上げが非常に難解かつシビアなのである。

まず、ストーリーは主人公《ヒロイン》が王立学院の最高学年になったところから開始される。

伯爵令嬢として生まれたヒロインは、貴族ならば誰しもが入学する王立学院に入学した。そこで出会った王太子と恋に落ち、身分の差を乗り越えて結ばれてハッピーエンド。大団円ルートでは王太子の婚約者であった公爵令嬢とは友人になって、親友同士手に手を取り合い、王太子と三人で平和に、幸せに暮らすというもの。

ファルティ自身、勉強が嫌いではなかったし、王立学院へは当たり前のように入学し、好成績を獲得したことで特待生クラスの所属となった。貴族子女の通う学院としてこれほどまでに相応《ふさわ》しい学《まな》び舎《や》はない。ここで貴族同士、家の繋《つな》がりを深め、また将来の進路を決めるものだとばかり思っていたのだが。

ある日頭の中にいきなり聞こえた『貴女《あなた》は、ヒロインとして選ばれました。これは、神の意志《システム》による決定です』という奇妙極まりない台詞《せりふ》に混乱したことを、ファルティは思い出す。

そして、ファルティが日常生活で何かの行動をする度に、どこからともなく無機質な声が聞こえてきて、あぁしろ、こうしろ、と指示を出してくる。

その声の言う通りに行動すると、面白いように色々なことが上手《うま》くいってしまったのだ。成績が上がるということもそうだけれど、決して叶《かな》うことのない願いすら叶ってしまった。それが、王太子の婚約者となり、王太子妃となり、未来の、この国の王妃となることだ。

まさか、伯爵家から王妃が選出されるとは誰も思うまい、という『してやったり』な感情と、『これは神の意志《システム》のおかげなのだ、思い上がるな』というもう一つの感情がぐるぐると巡る。


「でも、私だって、ちゃんと努力したんだから……！」

高位貴族の令嬢たちは公爵令嬢であるルピアの味方だったが、そんな彼女らに反発していた平民や下位貴族の令嬢たちがファルティの味方となってくれた。

ファルティには少なからず申し訳ないという感情も確かにあったが、それをはるかに上回る達成感。普通に過ごしていればこんな幸運は決して訪れない。

しかも、神の意志《システム》の言う通りの行動をとったおかげで、公爵令嬢とも特に諍《いさか》いなどが起こることもないままに卒業を迎えた。

神の意志《システム》の言う通りに勉強し、一般の男子生徒や女子生徒と仲良くなり、更には公爵令嬢とも仲良くなったと思っていた。

神の意志《システム》だから間違いはないと、ヒロインである自分は正しいのだと、ファルティは信じて疑わなかったのだ。

「だから……間違ってなんか、ない……」

　式を挙げる前にもルピアは祝いに駆け付けてくれたのだが、ファルティにとって、誤算だったのはこれが『真の』大団円エンドではなかったことだ。

ファルティは何が違うのかには気付いておらず、大団円エンドだと信じきっていたから、そのまま進んでしまった。

間違ったまま進み、『別の』エンディングまで到達したことで、運命の歯車はファルティの想定していない方向へと回り始めた。

ファルティが迎えたのは、大団円エンドほどではないものの、高難易度のエンディング。それに到達したことで『本編』としての世界は完結し、終了後の世界が始まった。

神の意志《システム》のおかげで、ゲームが終わるまでの間は、公爵令嬢であるルピアはヒロインのライバルという立場でいてくれた。好感度も上げたから、ファルティにとっては『親友扱いできる便利なコマ』ともいえる存在。

しかしゲームが終了したことで、ルピアは『正気に戻ってしまった』。

ゲームが終了すれば、あとは自身の足で未来へと歩いていかねばならないが、一年半もの間、ファルティは楽な思いをしてきている。ここから先はシナリオなんかない、正真正銘の『現実』が戻ってきただけなのだ。

なお、ファルティがあれこれ考えているころ、公爵家ではルピアの静養のための準備が着々と進んでいた。

「こんなにゆったりしていていいのかしら」

「良いに決まってるだろ」

「でもね、ルパート……わたくしやることがないと、こうね……手持ち無沙汰、とでもいうのかしら……」

「いいから！　姉さんはゆっくりしてて！」

「……はぁい……」

双子の弟の迫力に押され、溜息《ためいき》交じりにルピアが紅茶を飲んでいると、ルピアの専属侍女であるリシエルがクスクスと笑っていた。

ルピアはほんの少しだけ頬を膨らませ、お前もか、と睨《にら》むような視線をリシエルへと向けた。

「リシエルまで……」

「お嬢様、ルパート様の言う通りでございますよ。もっとゆっくりなさってくださいませ」

「落ち着かないのよ……」

ようやく、いつものルピアに戻った、ということに屋敷中《やしきじゅう》が安堵《あんど》していた。

姉のためだけに帰国したルパートもそうだが、母であるミリエールが誰よりも安堵したに違いない。

まるで人形のように決められた受け答えしかしない娘。日常生活は送れているようだったが、そこにルピア自身の意識は存在していないかのようで、ただの動く『お人形さん』でしかなかった。

そのような状態の娘を、一体どこの誰が喜んで受け入れるというのだろうか。

今は笑って、困った顔も、拗《す》ねたような顔もしている。公の場では淑女の微笑《ほほえ》みを浮かべるルピアだが、家では気を抜いているのが当たり前。公爵家といえども家族をとても大切に慈しんでいる、それがカルモンド家なのである。

王太子妃教育で疲れたルピアを癒《いや》したい、これまで頑張ってきたのだから今は何を考えるでもなくゆったりとした日々を過ごしてほしいと皆が願っている。

「姉さん、何かやりたいことをやろう！　さ、何がいい？」

「何か……って」

「何でもいいよ。例えば乗馬とか……あ、俺とチェスとか？」

「……そうね……」

しれっと自分と余暇を楽しんではどうか、と双子の姉に提案したルパート。姉からの良い返事を待っていたのだが、ルピアはそれに食いつくことなく、しかも悪気なくスルーされてしまいルパートはしょんぼりと項垂《うなだ》れる。だが、そんな彼を見ているのかいないのか、一方のルピアはどうしようかと頭を悩ませていた。

王太子妃教育、そして次期公爵としての後継者教育を受けた過程を振り返る。

学ぶことが苦ではなかったので、特に辛《つら》いとも思っていなかったが、これまで何をしていたときが楽しかっただろう、と思いながらルピアは静かに目を閉じた。

王太子妃教育の中で学んだ礼儀作法は、これからも無駄になるわけではない。たとえ記憶を失おうとも、あれは身体《からだ》に染みついてしまっているものに違いない。

ならば、やりたいことよりも優先すべきことが一つあると、ルピアは不意に気付いてしまった。

「あ……」

「姉さん、何か見つかった？」

「……そうよ、やりたいこと以前の問題だったわ。一つ大切なことを忘れていたの」

「？」

はて何だろう、とルパートはルピアの傍《そば》に寄って双子の姉をじっと見つめる。

「王太子妃教育で得られた王族に関してのわたくしの知識。あれ、記憶消去の魔法でさくっと消しちゃいましょう」

微笑んで、しかもナイスアイディア！　とでも言わんばかりに目を輝かせて、ルピアは結構物騒なことをさらりと言ってのけた。あまりにあっさりと出てきた台詞に思わずルパートとリシエルは頭を抱えてしまった。

「そっちじゃないでしょう姉さん！」

「お嬢様、どうしてそうなりますか！」

ルパートとリシエルの二人から一斉に詰め寄られるが、当の本人はあっけらかんとした様子で首を傾《かし》げている。

「だって、だって、王太子妃にならないと決まった以上、王太子妃としての振る舞いや、国政の知識なんていらないでしょう？　こんな知識、私はさっさと忘れたいし、忘れてしまった方が王家から登城要請がくる可能性も少なくなるわ。彼らはどうせ、私を王太子妃の補佐として何とか利用したいと思っているだけだから」

あまりの正論にリシエルもルパートも、確かにそうかもしれない、と二人揃《そろ》って大きく頷《うなず》いた。

「お父様かお母様に、記憶消去の魔法が使える神官様を手配していただかないといけないわね」

「……そうだね。っていうか、そもそも記憶消去の魔法を使える人がいるのかどうかも分からないけど……、母上に相談してみるね」

「お願いね、ルパート」

気にしないでー、と言い残して、ルパートは部屋を出ていった。

これでようやく、重たい足枷《あしかせ》を外すことが出来るのだと思えば、魔法による苦しみなど怖くは無い。

むしろこれが王家と縁の切れるきっかけになるのならば、もうそれだけでご褒美でしかないとルピアは安堵する。

こうしている間にも王太子と王太子妃となった二人がここに押しかけてくるかもしれない。そんなことないとは思いたいが、もしも来るようなことがあれば、それまでには消去をせねば、とルピアは思考を巡らせていった。

「嘘《うそ》でしょう……？」

まさか、余暇を楽しむとばかり思っていた娘の要望が、『さっさと王太子妃教育に関する記憶を魔法を使用して消してほしい』だなんて、予想もしていなかった。ミリエールは愕然《がくぜん》としたが、緩く首を横に振り、どうにか持ち直した。

ルパートからの相談は、ミリエールにとって衝撃ではあったものの、娘の考えは正しい。

早急に王太子妃教育に関する記憶を消さねば、あの王家はまたきっと何かをやらかしに我が家に来てしまうだろう。であれば、手は早いうちに打たねばならないだろうと、ミリエールはそう判断した。

「……記憶消去ができるかどうか、確認してみないといけないわね」

「そうだよね……。前例があるかどうか分からないし……」

「ルパート、そういえば貴方《あなた》は騎士になる夢はどうするの？」

「ならない」

「……え？」

「姉さんが王太子妃にならないなら、別に俺がわざわざ騎士になる必要なんかないだろう？」

「そうなのだけれど、貴方は本当に……」

ルピアが大好きねぇ、と続く母の言葉に思わず顔が綻ぶ……よりも、ルパートはニンマリと意地の悪い笑みを浮かべていた。

昔も今も、双子の姉は父と母を除けば唯一尊敬できる貴重な相手。女性としての立ち居振る舞いに始まり、次期公爵としての教育までもを軽々とこなしてしまうその能力の高さ。

ルパートはどちらかといえば、体を動かすことを得意としていたし、次期公爵の適性が自分にはあまりないことも分かっていたから、ルピアが次期公爵としての教育を受けてくれて本当に良かったと思っている。

姉が王太子妃となり、魔窟ともいうべき王宮にこれからずっといるならば、せめて自分だけでも双子の姉の、常なる味方でいたかった。

では、どうすればいいのか。

――自分は、姉を守る騎士《ナイト》になろう、と心に決めた。

それをルピアに話したら、『いらないわよお馬鹿さん』とぶっきらぼうな返事ではあったが、嬉《うれ》しそうに微笑んでくれていた姉の顔を、ルパートは今でもすぐに思い出せる。

ルピアの役に立てるのならば、自分の全てをかけてでもやり抜こうと、そう決めていた。だが、あの王太子は『真実の愛』とやらを優先した。

国が決めた婚約の、あまりに一方的な解消。それをすることはカルモンド家を敵に回すことだと、リアムは全くもって理解出来ていなかったらしい。王族だというのに、その思考回路は一体どうしたのだろうか。友のような存在だとしても、リアムを諫《いさ》める気にすらならなかった。

色々なところで豪胆な姉は、ルパートの想像の上を行ってしまった。とはいえ、今回休んでいる間に姉がやりたいことというのは、普通に願うことではないから、ルパートは内心未《いま》だに頭を抱えていた。

しかし、いつまでもそうしているわけにもいかないと、ルパートは母との会話を続けた。

「よりにもよって一番初めに言うのが記憶消去をしてほしい、だもん。……姉さんの強さには感服するよ」

「だから、この家の次期当主に選ばれたまま、王太子妃教育を受けるという、異例中の異例の対応が許されていたのよ」

「……だよねぇ」

公爵夫人と子息は、不意に、揃ってニタリと人の悪すぎる笑みを浮かべる。

「その価値が分からない男に姉さんが嫁がなくて良かった」

「ええ、勿論《もちろん》。あの子にはこれから先、色々な未来が待っているのだから」

姉を、愛《いと》しい娘を、ここまで馬鹿にするだなんて、あの王家はどういう了見なのだろうか。うふふふ、と笑う二人の表情は仄暗《ほのぐら》いものの、ひたすらに楽しそうという、大変物騒な状態。

部屋に入ってきた侍女が、思わず何も見なかったことにして、そっと退室してしまうほど異様な雰囲気を醸し出していたが、当人たちは至って平和なつもりである。

そして、ルピアの希望を受けて、本当に可能かどうかの調査も含め、カルモンド家が持てる全ての権力や人脈を駆使して、記憶消去の魔法を習得しているという神官を、父であるアリステリオスが見つけ出してきた。表向きには情報が出ていない魔法であるため、探すことには苦労したもののどうにか辿り着いたのだ。

その神官――名をゼフィランという男とルピアの間で、記憶消去の魔法に関するカウンセリングが行われ、施術自体は少なからず苦痛を伴うものだが、ルピア本人がかけてほしいと思っているのであれば可能だと神官は言った。何故《なぜ》なら記憶消去の魔法は、かけられる方が同意していなければ行使することが出来ないからだ。

そしてルピアの強い希望により、すぐに記憶消去の魔法がかけられることになった。

万が一に備え、治癒術士の資格を取っていたルパートもその場に立ち会うことにした。他にも治癒術の心得のあるものが、複数集められている。

勿論、公爵夫妻もその場にいる。付け加えるならば、ルピアの専属侍女のリシエルもいるし、護衛騎士のアルフレッドも立ち会っていた。彼らにとってもルピアはとても大切な人だから。

「では、始めます。皆さまはその位置から動かれませんよう、よろしくお願いいたします」

神官がそう言うと、全員がしっかりと頷いた。

ついに、ルピアに対して魔法がかけられ始めた。跪《ひざまず》いているルピアの足元を中心にして魔力で描かれた円がふわりと広がっていく。常人には聞き取れない呪文を唱えながら、神官はルピアの頭に手を置いた。少しして、ルピアの体がびくりと跳ね上がり、そのまま後ろへとひっくり返ってしまう。魔法円の中で、ルピアはがくがくと痙攣《けいれん》を起こし、それが終わると同時に跳ね上がるように、また体を起こしたものの、すぐ『く』の字に折れ曲がる。

がくがくと忙《せわ》しなく動くルピアの様子を、この場にいる全員が心配していたが、動いてはいけないという指示を、皆が必死に守っている。

術をかけられているルピアはというと、自分の意識と体が乖離《かいり》してしまいそうな程の魔力圧を感じていた。まるで本のページが一枚ずつ燃やされているような光景が頭に浮かんでいる。

記憶が消去されるというのは、こういう感じなのか、とルピアは思う。

どんどんと消えていく王太子妃教育を受けていた日々の記憶。分かってはいる、けれど途方もない嫌悪感のような、違和感のような恐ろしいものに襲われる。

悲鳴をあげるわけには、絶対にいかないから、必死に歯をくいしばって耐える。

本のページが捲《めく》られるような感覚の際、かなりの吐き気に襲われる。嘔吐《おうと》してはならないと耐えていたが、ルピアの我慢は限界に達していた。

ついには耐えきれず、思い切り吐き出してしまうが、止まることはない。せきこむたびにごぼごぼと喉から嫌な音が響き、吐き出されていく、どす黒い血液のような何か。

このまま死んでしまうのではないかというほどの大量のどす黒いモノを吐き出しながらも、ルピアが感じていたのは解放感。

あぁ、やっと『自由』になれる。記憶が消えるにつれ、嬉しいという感情が心を支配していく。それが分かるから、辛さなど何とも思わない。

「姉さん!!」

ルパートの悲痛な叫び声が聞こえるが、ルピアは引き続き耐えている。散々、血のようなものを撒《ま》き散《ち》らした後に、口内のものをぺっと吐き出してからルピアは叫んだ。

「動かないで！　この程度耐えられずして、何が次期公爵か！」

凛《りん》としたルピアの声。

あぁ、姉上。だから俺は貴女を尊敬するのです、と決して届くことはないけれど、ルパートは心の内で静かに呟《つぶや》いた。

駆け寄りたい気持ちをぐっと堪え、ルパートはただ見守る。

「ぐ、っ……う！」

ごぷ、と更にその黒いモノを吐き出したルピアには、爽快感が残っていた。しかし、爽快感があるとはいえ、ルピアの顔色はとてつもなく悪かった。しかしここで負けてはならぬと、ルピアは己の拳を勢いよく、床に強《したた》かに打ち付けた。

「負けて、なるものですか……っ」

ページが捲れ、燃える感覚がどんどん速くなる。そして、ふとした瞬間にそれが、終わった。

「……え……？」

吐き気も、喉奥から込み上げてくる何か熱いよく分からない感覚も、何も無い。

ぱちぱち、と数度瞬きをしてからルピアは周りを見回す。

顔色こそ非常に悪いものの、ルピアはとてもすっきりとした面持ちで座り込んでいた。

「……成功で、ございます……！」

後に聞いたところによると、汗まみれの神官曰《いわ》く、『これほどに大きく魔力を消費したのは久々だった』らしい。

それほどまでに強力な魔法なのは傍から見ていても理解出来た。これに挑み、打ち勝ったルピアの何と強いことか、とアリステリオスは満足気に微笑み、ミリエールも涙目ながらに娘に対して賛辞を送る。

「よくぞ耐えました、我が最愛の娘よ……！　あぁ……、これでようやく貴女は自由になれるのね！」

「はい、お母様……お父様……。わたくし、……やりました、わ……」

言い終わるやいなや、ルピアの体はぐらりと傾いた。

「いかん、ルピア！　しっかりしろ！」

「姉さん！」

床に倒れ込む寸前、ルパートが駆け出し、間一髪でルピアの体を支える。

呼吸は落ち着いていて何も問題無さそうではあるが、とてつもなく顔色が悪い。

まずは着替えからだろうと、リシエルが慌てて吐き出したものを拭うための濡《ぬ》れタオルを用意しに走り、皆、我に返ったようにばたばたと動き始める。

ルピアが目覚めて、彼女に『これが平穏なのか』と聞けば、ルピアは迷うことなく頷く。

だって、これでもう王家の連中はわたくしに構わないだろうから。

ルピアは王太子妃教育に関する記憶を消した直後から寝込み、その後二日間ほどぼんやりしたまま過ごしていた。記憶の消し去られた部分を埋めていくような感覚が薄れ、ようやくじわりと体も心も馴染《なじ》んできたのか、少しずつ、ルピアに日常が戻りつつあった。

後遺症の主な症状には、意識がどこか遠くに飛んで行ってしまったようにぼんやりすることが多かったのだが、くらくらとした眩暈《めまい》のような症状もあった。

疲れ果てたお嬢様のために栄養のある食事を！　と公爵家自慢のお抱え料理人達《たち》が腕によりをかけて作ってくれた食事のおかげで、ルピアの体も次第に調子を取り戻していく。

何もそんなに過保護にしなくても、と言っても皆が口を揃えて『駄目です！　お嬢様はこれまで頑張りすぎたんですから、皆に甘やかされてください！』と押し切られてしまう始末。

王太子妃教育に関する記憶はなくなっても、ルピアが過ごした学院での記憶は鮮明に残っている。

そして、先日聞こえた不可解な『システム』とやらの言葉も勿論、覚えている。

一体何のことだか皆目見当もつかないが、はっきりしているのは何かしらの呪縛のようなものからしっかりと解放されている、ということだ。

まず一つ。あの女《ファルティ》を親友と思わなくなったということ。そもそも最初から友人ですらないにもかかわらず、何故か最高学年になってから一緒にいることが多かった。不愉快極まりないのに、何故か離れることもできず、挙句の果てに国王に決められたこととはいえ婚約者までをも奪われる始末。まぁそれはどうでもいいとして、問題なのはファルティを親友だと思わされていたこと。

「ルパートに……話してみようかしら」

静養生活を始めて、はや数日。ゆったりとした日々を過ごしているのはいつぶりだろうかと思うが、『システム』とやらが何なのかは分からないまま。

自分の身に起きていた異常事態を双子の弟には知っていてほしい、ルピアはそう思った。

「善は急げ、ですわね。さてと……」

座り心地の好《よ》いソファで読書をしていたものの、考え始めてしまえば集中できない。集中できないままなので、必然的にページも進んでいない。

ソファから立ち上がり、柔らかな触り心地のショールを羽織ってルパートの部屋に向かう。確か、今日は丸一日休みだと言っていたはずだから部屋にいるだろう、とルピアは頭の中で思考を巡らせる。

双子の弟のルパートは、何かしらの用事ができると外出先をまず最初にルピアに報告するという癖がある。今日は特に報告しに来なかったということは、一日家にいるということだと予測して向かっていると、何やら弟の部屋のほうが騒がしい。

思いがけない来客でもあったのだろうかと、ルパートの部屋へ近づけば中から聞こえてくるのは、とても馴染みのある可愛《かわい》らしい声。

「お義姉様《ねえさま》にそんなことがあっただなんて、どうしてわたくしに教えないのよルパート‼　このお馬鹿‼」

「いや、教えたところでお前に何ができるんだよ」

「そうだけど！」

「あの時の姉さん、見るに堪えない状態だったんだ。見たら卒倒してたぞお前」

「そんなことが……？」

ああ、ルパートの婚約者か、とルピアは微笑む。

自分にも懐いてくれている、とても可愛らしい女の子。

「そうよ、ヴェルネラ」

「え」

「あ、姉さん」

ノックをしても返事が無かったので、ドアを開けると、賑《にぎ》やかに言い争いをしているルパートと、予想通りに婚約者であるヴェルネラがそこにいた。

ヴェルネラ＝アルチオーニ。アルチオーニ伯爵家三女で現在十六歳。だが、弱冠十六にして、家の事業のいくつかを任されている才女。

腰まであるストレートヘアを普段はハーフアップにしており、髪色は黒。目の色は濃い蒼色《あおいろ》で引き込まれそうな程美しい色合い。心を許した相手には朗らかに人懐こくなるが、そうでない人に対してはあくまで『建て前』の顔を崩すことは無い。

彼女の心に触れられない人達からすれば、ヴェルネラはトゲだらけの荘麗な薔薇《ばら》の花。それ故に社交界では『蒼薔薇の君』とまで呼ばれているとかなんとか。

ルパートの婚約者として選ばれたのは、カルモンド家とアルチオーニ家が業務提携をしているからだが、それは表向きの理由。

本当の理由は、別にある。

「お久しぶりでございますわ、ルピアお義姉様！　ヴェルネラ＝アルチオーニ、お義姉様のお見舞いにこうして馳《は》せ参《さん》じました‼」

ルピアの姿を見た途端、みるみるうちにヴェルネラの顔が輝き、感動のあまりに目に涙を浮かべて思いきり抱き着こうとするが、ぎりぎりのところでルパートがヴェルネラの体をがっちりと抱き留める。

「だから姉さんの体調を考えろって！」

「まぁ、心の狭い男ですこと」

ハン、と鼻で笑ってヴェルネラはルパートの腕からするりと逃れる。

相変わらずの二人だ、とルピアが苦笑しているとヴェルネラが上機嫌な様子で目の前へとやってくる。

そうして、見事なカーテシーを披露してから、憧れ交じりのうっとりした眼《め》でルピアを見上げ、質問した。

「お義姉様、お体の調子はいかがでしょう？」

「ええ、もうだいぶ良くなったわ」

「それは何よりですわ！　……記憶消去の魔法を己《おの》が身にかけられていた、と伺いましたが……」

「事実よ。おかげさまで、王太子妃教育に関する記憶は綺麗《きれい》さっぱりなくなっているから、あの王太子殿下や妃殿下に補佐として呼ばれる可能性は、ほぼなくなったのではないかしら」

「なるほど……」

ふむ、と呟いてからヴェルネラは姿勢を正す。先ほどまでの笑顔は消え、真剣な表情のみが残されていた。

「……では、ここからは『アルチオーニ家』の人間としてお話を続けさせていただきとうございま

す」

声も何もかもが、真剣そのもの。

ルパートの婚約者、ではなく、ヴェルネラはいち伯爵令嬢として、『公爵令嬢』への報告を行うとしたのだ。

「あら、何かしら。アルチオーニ伯爵令嬢」

ルピアもルパートも、彼女の言葉を聞いて『カルモンド公爵家』の人間として接することを決めた。

「国王陛下ならびに、王太子殿下が、お二方に接触しようとしております」

「へぇ……」

「カルモンド公爵閣下が防いでおられますが、何をしてくるのか分からない危険性も含まれております。そこで」

ヴェルネラは真剣な表情から一転、にこやかな笑みでルピアとルパートへ、手を差し出した。

「このタウンハウスから早々に避難し、カルモンド家の領地へと向かうのはいかがでしょう？」

双子は、どちらからでもなく顔を見合わせる。

王家からの接触はどうにかして防がねば、と思っていたが、領地へ避難するというのは何故だか思いつかなかった。

学院も卒業したのだから、いつまでも通学のために用意されていたこの家にいる必要はないのだ。

なるほどこれは、と双子は笑いながら頷き合った。そしてルピアは微笑みを浮かべ、ヴェルネラの提案に賛成するという意味を込めて、ゆっくりと首を縦に振る。

「ええ、そうね。ではヴェルネラ、貴女も一緒に過ごしましょうね。未来の義妹と、わたくしもっともっと仲良くなりたいわ」

ヴェルネラから淑女らしからぬ奇妙奇怪極まりない、雄たけびのような「よっしゃ！」という声が聞こえてきたが、双子は何も聞かなかったことにして、にここと笑っている。

「それに」

ルピアが言葉を続けた。

「ヴェルネラからは、わたくしが家にいた間の社交界の噂《うわさ》の広がり具合なんかを教えていただきたいの。なので、今日はお泊まりでもしていかないこと？」

「喜んでお受けいたしますわお義姉様‼」

興奮した様子で迷いなく言うヴェルネラを見て、思わずルパートは「こいつとの婚約、するんじゃなかったかなー」と内心ぼやいていたが、これ以上ない強力な味方であるのは変わりない。

ヴェルネラがルパートと婚約した一番の理由は、『ルピアの義妹となり、一番近い位置でルピアの盾となり鉾《ほこ》となるため』なのだ。

彼女は確かに伯爵家でいくつかの事業を任されている才女であるが、それと同時に、アルチオーニ伯爵家で適性検査を受けた上で選出された『裏』の仕事を取りまとめる代表でもある。

ただの伯爵令嬢ごときが、由緒正しきカルモンド家の子息の婚約者に選出されるのには何か理由がある、ということなのだが、双方にとって何とも良いとこ取りになった婚約であることは、言うまでもない。

◇◇◇◇◇◇◇◇

公爵家のタウンハウスにて平和な時間を過ごしている三人とは反対に、盛大な結婚式を挙げて幸せいっぱいであるはずの二人は、表情が暗い。

王太子リアムと王太子妃ファルティは、お茶会をしていた。二人が抱くのは『どうしてこうなった』という思い。

リアムは、もし自分がファルティと結婚したとしても、ルピアならば己を受け入れてくれるという確信を持っていた。

それは何故か？　と側近に問われれば、彼は迷いなくこう答える。

「王太子妃筆頭候補としてずっと傍に居たのだ。何故今更離れる必要があるというのだ？」

大前提として、リアムは色々なものを間違えていることに、まったく気づいていなかった。

ルピアが王太子妃教育に励んでいたのは、『国から命じられた婚約であるからこそ』である。公爵令嬢としての役割を果たしていただけにすぎず、そこに親愛の情はあったのかもしれないが、恋愛感情は皆無だった。

国が定めた婚約でなければ、彼女は間違いなく次期公爵への道を、今よりも更に速いスピードで駆け抜けていたことだろう。

更にファルティも、これまた無駄に自信があった。

ルピアは『親友であるファルティ』の傍にずうっと居てくれる、何があっても見捨てたりしない、と。

こちらもまた可笑《おか》しな話である。

ファルティがうまくやってこられた最大の理由は、『恋☆星』という恋愛シミュレーションゲームの中の『主人公《ヒロイン》』という立ち位置があり、尚且《なおか》つ天の声とも言うべき『神の意志《システム》』からの指示があったから。

そして、キャラごとの好感度が実数として目に見えていたから、『この人はこうだからこうしよう』と、体が自然と主人公《ヒロイン》としての役割を果たすべく動いていた。

更に、彼女が目指していたのは最難関の大団円ルートなのだが、これを選んだ際の攻略条件をファルティが満たしておらず、実は今回迎えたエンディングは大団円ではない。

今回迎えたのは、大団円ルートの次に難易度の高い『王妃ルート』のエンディングである。

恋愛シミュレーションゲーム、『恋☆星』。

伯爵令嬢の主人公《ヒロイン》が、王立学院に入学。最高学年の三年生に上がった時からメインの物語は開始される。

それまでは様々なクラス分けがされていた王立学院。最高学年は最後の仕上げ、として貴族も平民も改めて全て交ぜられた状態のクラスが編成される。

一年次はあまり接することのなかった貴族と平民が交ざり、階級も何も関係なく様々な人間関係を構築していく場として、己の社交性の高さなどが大きく求められる場になる。

そして、ここで初めて王太子リアムと、今回の主人公であるファルティは出会う。

ファルティ自身、そもそも勉強好きで、頑張った結果、特待生として学院から認められたが、頑張るための理由は別にあった。

ファルティの夢の中で、延々と流れる『恋☆星』の恋愛エンドの数々。恋愛エンドと呼ばれるものは、比較的達成がたやすい方である。しかし、為《な》し得《う》ることが非常に難しいエンディングがある、そういうナレーションが静かな口調で語りかけてきた。

それこそが、『大団円ルート』。王太子リアムと結ばれ、更にはライバル令嬢とも確執なく学院生活を過ごした上で親友となり、三人手に手を取り合って、より良い国へと導いていくというエンディング。

王太子の周囲の人間からも、国王夫妻からも、更にはその辺の、所謂《いわゆる》モブと称される人たちからも信が無ければ達成できないとされる、最高難易度エンディング。やらなければならないことは山積みで、あれこれ寄り道をする暇もないくらいに、ファルティの日常は一変した。

しかし、ファルティは勤勉であり、同時に野心家でもあった。為し得るのが難しいということならば、それを成し得るのが自分だ。

周りにも自身にも最大限の注意を払い、様々なイベントをこなし、良い成績も維持し続けた。

その結果得られたのは王太子リアムからの『愛』。そして当時の王太子妃筆頭候補であったライバル令嬢ルピアとの信頼関係、のはず、であった。

何かを間違えていることに気付かないまま、ファルティは突き進んで行った。

確かに、リアムと恋人同士になり全てが上手く進んでいるような感覚になっていた。実際上手く進んでいたから。ルートが間違っていると、気付かないまま。

「ねぇ……リアム、私の王太子妃教育はいつから始まるの？」

「もう少しかかるんだ。その……」

「？」

どうしたんだろう、とファルティが首を傾げていると、リアムからはとんでもない答えが返ってきた。

「君の教育係となるはずの、かつてルピアに王太子妃教育をしてくれていた侯爵家の夫人が……辞退したいと、申し出てきたんだ」

「……え？」

さぁっ、と顔から血の気が引く音が聞こえたような気がした。どうやってもその内容は信じられないし、納得できない。

ファルティには、自分のやってきたことが間違っていない自信だけはあった。

だって、最難関の大団円エンドを迎えたはずなのだから。

それなのに、どうして？　と、心の中で繰り返しても、誰も答えをくれない。

ファルティが頼りきっていた神の意志《システム》とも、もう会話はできない。エンディングに到達してしまったから、ここから先は未来、つまり現実世界での出来事となる。

「ま、待ってリアム……！　なら、私の王太子妃教育はどうなるの⁉　もう結婚式まで挙げたのに！」

「何も教育係は侯爵夫人だけではない。もう少し待っていてくれるかい？」

「……え、ええ……」

笑顔を作り、ファルティは己を無理矢理納得させようとした。

目の前のカップに注がれた紅茶をゆっくり飲むと、もうとっくに冷めていた。熱くないので、止まることなくそのまま飲んでいく。

いつもならば淹《い》れ直《なお》してもらう温度だが、今のファルティの頭の中を占めているのは、『どうしてこうなっているの？』という思い。

二人が選んだ結果として、『今』があるということをファルティもリアムも認めたくなかった。

先日、ファルティがステータス画面を開いた時に、目を凝らしてよく見ていれば、小さく書かれていた文字に、もしかしたら気付けたかもしれなかった。


『王妃ルート、達成』


これに気付かないまま、ファルティが確認したのは、ルピアの好感度が現状どうなっているのかだけ。

確かに、神の意志《システム》は、どういう行動を取れば、より良い未来へと進めるのかを指し示してくれていた。

ある程度好感度が上がってくるとそれぞれのエンディングへ向かうための道標のようなものまでも、きちんと示してくれていた。だから、それに従って突き進み、学力も伸ばした。所作が美しく見えるように努力もした。

神の意志《システム》に聞いて、何が必要なのかも理解していた。

……つもりだった。

最難関である大団円エンディングに到達するための必須条件を、ファルティはたった一つだけ見逃していたのだ。

大団円エンディングが最難関である理由はいくつかある。

それが、まずはルピアの好感度の高さ。これは言わずもがな最大値に持っていかなければならない。

それともう一つ。

ルピアの双子の弟、ルパートの存在だ。ルパートがとてつもないシスコンであるからこその、隠し条件の一つ。

彼を攻略する必要こそないが、ルピアから弟の紹介を受ける必要があるという、とてつもなく難易度の高いイベント。ファルティは、ルピアの好感度の高さが足りておらず、これができていなかった。

ルピアの好感度は、実は最大値ではなかったのだ。だから、必要なイベントが発生せず、取りこぼしていたことに気付かないまま、ファルティは頭を抱え続ける。

上手くできていたはず、私はやり遂げたはず！　と叫びたくなるが、神の意志《システム》に導かれるままにこの一年半を過ごしていたことなど、知られてはいけない。

「っ、そ、そうだ。……リアム。ルピアのお見舞いに行かない？」

「そう、だな」

うん、と頷いて、互いに微笑み合う。

王太子と王太子妃、彼らの想《おも》いが全く異なるものであるとは、お互いに知らないまま。そしてそれが、悪手だということにも気付かないまま、進んでいこうとしていた。

◇◇◇◇◇◇◇◇◇

「お義姉様のおうちにお泊まり……う、うふふ……」

「涎《よだれ》垂れてるぞ、ヴェルネラ。お前どうして姉さんに関してはそうなるんだよ」

「憧れのお人であり、わたくしの最も尊敬するお方ですもの」

お前は本当に令嬢か、というくらいに表情を崩していたヴェルネラに、ツッコミを入れるルパート。

この二人のやりとりは公爵家のみならず伯爵家でもよく知られているので、特に使用人たちは気にしていなかった。更にはルピアもヴェルネラの先程のニヤケ顔は見慣れているので、咎《とが》めもしなかった。

最初こそ咎めたものの、キリリと凜とした表情はもって五分。とはいえ公の場に出ると見事な淑女の仮面を被《かぶ》るものだから、ルピアもいつしか諦めた。そして、その表情になってしまう理由を聞いてからは、諦めはどこかに吹き飛んで、『可愛い』へと変化したのだから、人の感情とは、かくも不思議なものである。

そんな彼女は、ルピアのためならばといつも助力を惜しまない。しかし、ヴェルネラにルピアの様子を知らせなかったのには、理由がある。

記憶消去の魔法による負担の大きさが、想像以上だったことである。

ルピアが長時間椅子に座れるようになってきたのは、二日ほど前から。記憶消去の魔法を受けた日はずっと寝込んでいたのだ。

公爵領への移動も、ルピアであれば辛くても耐えきってしまいそうな気はするが、それではいけない。

あの結婚式と披露宴から、様々なことを詰め込みすぎていたこともあり、せめてもう少し休ませたいとルパートが悩んでいると、ヴェルネラがじぃっと覗《のぞ》き込《こ》んできた。

「……何」

「ルパート、お義姉様を少しでも休ませて差し上げたい気持ちはわかります。ですが、早々に物理的な距離を取らないと彼らはやって来ますわよ？」

「そう、だけど」

「お義姉様はいかがですか？」

二人が話している様子を、優雅にお茶を飲みながら眺めていたルピアだったが、ヴェルネラからの問いかけには微笑んでから頷く。

「荷造りは今からお願いしましょう。でもヴェルネラ、貴女の荷物は大丈夫？」

「大丈夫ですわ。後で届けてもらうようにすれば良いですし。でも、お義姉様……どこか上の空、でしてよ？」

「思ったより、記憶消去の魔法の後遺症が……まだ少しあるみたい」

微笑みから一転、苦笑を浮かべたルピアから「ごめんなさいね」と謝罪され、慌ててヴェルネラはルピアの元に駆け寄った。

「謝る必要などございません！　急いだほうが良いけれど……お義姉様の体調優先でいきたいですし、わたくしが浅慮でしたわ……！」

うんうんとヴェルネラが唸《うな》り始めていると、執事長のジフが駆け込んでくる。

彼にしては珍しくダッシュでここまでやってきたらしく、少し息が上がっていた。おまけに普段ならば決してしないであろう、ノックなしでドアを開けるという無礼極まりない行動のオマケつき。室内にいた三人は顔を見合わせて困惑したようにジフを見つめ、ルピアが言葉をかける。

「まぁ……どうしたの、ジフ。ノックも無しで」

「お嬢様、お坊ちゃま、大変にございます！」

「何だよ」

「王太子殿下と王太子妃殿下から、お嬢様を見舞いたいという内容の手紙が先ほど届きました！」

「言っているそばから……⁉」

ルピア、ルパートに緊張が走る。

ヴェルネラも表情を引きつらせ、知らせを持ってきてくれたジフをじっと見る。

「……ジフ、お父様に連絡を。……ルパート、お母様にはわたくしが伝書魔法で届けます」

「分かった。ヴェルネラ、お前は領地行きの手配を最速で」

「承知いたしましたわ」

ルピアが意識を集中させ、手のひらの上に魔力で編み上げた小鳥を出現させる。

左手の上に小鳥の使い魔、右手は指先で空中に文字をするすると記述していった。『殿下と妃殿下がお父様の許可なしに接触の可能性あり』と、簡潔に記す。母ならばこれだけで察知してくれるにちがいない。

本日、母であるミリエールは友人である侯爵夫人に呼ばれ、お茶会に参加している。これを受ければ間違いなく爆速で帰ってきてくれるに違いないという予想と希望を込めた。

文字をまとめるように右手を動かし、小鳥に吸収させれば、小鳥から鷲《わし》のような姿に変化する。

空中に記述した文字も魔力で編んだもの。その分の魔力で変化した鳥は、ばさり、と大きく翼を広げた。

「よろしくね。お母様の魔力反応はこれよ」

万が一を考えて教えてもらっていた母の魔力反応。

それを使い魔に教え込むと、一度大きく翼をはばたかせてから浮き上がり、そのまま勢いよく窓を突き破って飛んで行った。

「姉さん、窓」

「……あ」

「ルピアお嬢様、まだ静養が必要ですな」

「……そうね」

普段ならば、この鳥の形をした使い魔を、窓を開けた状態で飛ばす。そう、いつものルピアならばその手順をきちんと踏むのに、今日この時に限って忘れてしまっていた。

ルピアを崇拝レベルで尊敬しているヴェルネラですら、ルピアが珍しくミスをする、というこの光景を思わずガン見していた。

鳥が飛び去った後、外から心地よい風が吹き込んで、緩やかにカーテンが揺れる。ふー、と大きな溜息を吐《つ》いてルピアが頭を抱えているとヴェルネラが寄り添ってくれる。

「……お義姉様、早々に……あの、諸々を手配いたしますので、もう少しご辛抱くださいませね」

「ヴェルネラ、ありがとう……」

ものすごく気遣ってくれているヴェルネラの心底心配そうな声音にいたたまれなさそうな様子でお礼を言うルピアを見て、ルパートは魔法の後遺症が思ったより深刻だな、と思ってしまう。ルパートは色々なことを同時進行で考えながら、果たしてどうしたものかと思案する。

この姉が調子を完全に取り戻した状態ならば、リアムやファルティに会ったとしても何も心配しなくてもいいのだが、今の状態では会わせることに不安しかない。

ルピア自身もそう思っているようで、気まずそうに視線を逸《そ》らしており、ジフともルパートとも、ヴェルネラとも視線を合わせていない。動けるようにはなったが、今まで当たり前に出来たことが思いがけず失敗しているあたりは、まだ後遺症が残っているのだろう。

自分とヴェルネラで対応も可能ではあるが、うっかり手が出そうになるのを止められないだろうし、ヴェルネラは止めるどころか加勢してきそうな性格なのだから。

早く、父と母にこの状況が伝われ、と念じるルパート。そしてルピアは窓に近寄り、己が吹き飛ばしてしまった窓の修復を魔法で開始したのであった。

◇◇◇◇◇◇◇◇

「まぁ……」

ルピアからの伝言を受け取ったミリエールは、静かに怒りを膨れ上がらせる。

お茶の相手である侯爵夫人にして、かつてルピアに王太子妃となるための教育を行っていたカサンドラ＝ニーホルムは驚いた様子も見せず、ミリエールに問いかけた。

「どうしたの？　公爵家に異変？」

「王太子殿下と妃殿下が、わたくしの可愛いルピアに会いたいんですって」

「今更何の用件があるというんでしょうね、かの方々は」

うふふ、と優雅にカサンドラは笑うが、言葉には毒が多量に含まれている。眼差《まなざ》しも冷たいものへと変化し、香りのいいお茶を一口飲んでからソーサーにカップを置いた。

するとミリエールは呆《あき》れたように吐き捨てた。

「どうせ、後ろ盾が欲しいんでしょうね。自分達の選択の結果、こうなっている自覚がないのかしら」

「無いからこそ、王太子妃教育を始めようとした当日に、わたくしにあんな台詞を放ったんだわ」

「あぁ、さっきの」

「そう」

カサンドラの瞳から一切の容赦が消える。

思い出すのは、ファルティが挨拶にやってきた時に笑顔で告げたあの言葉。

『わたくし、ルピアに負けないくらいの王太子妃になれる自信があります！』

聞いた瞬間に様々なものが冷え、壊れていった。

カサンドラは、王太子妃候補であったルピアに教えるのがたまらなく楽しかったのだ。

王家が新たに王太子妃候補として決めた、このファルティ＝アーディアという少女。

学院の成績が優秀だったのは勿論知っている。化け物じみたテストの点数の数々に、実習担当の教師陣の褒め具合からして本人の努力の賜物《たまもの》だとは理解もしている。

だが、駄目だった。王太子妃教育を担っている立場で、何年も血のにじむような努力をして色々なことをやり遂げてきたルピアの姿を、努力を、苦労を見ているカサンドラからすれば容認できるものではなかった。しなければならないのは分かっている。

教育係としては不適切である、と言われようともこればかりは受け入れられなかった。

ルピアの努力を何も知らないこの小娘にだけは、教えたくない。その思考が巡り、王家からファルティの教育係として依頼をされ一度は引き受けたが、すぐに断りを入れたのだ。

「大人気ないと理解はしておりますけれど、ルピアさんの何年にも亘《わた》る努力を全てぶち壊した張本人の教育だけはしたくなかった。教育係はわたくしだけではないのだから、さして問題ないでしょう」

王太子妃候補としてのルピアを育てたカサンドラ以外にも、勿論王太子妃の教育係は存在している。

「あの方々の気持ちは分からなくもないけれど……無理ですもの」

「カサンドラ、わたくしの娘を高く評価してくれてありがとう……」

「本当のことよ。でもこれで、ルピアさんは思う存分ご自分のやりたいことが出来るじゃない」

「ええ。『わたしが女公爵になる！』って、小さい頃に宣言していたし、王太子妃教育を受けながらも諦めたくないからと……日々努力し続けたあの子が報われないなんて、あってはならないことだわ」

だから、とミリエールは眼差しを鋭くした。

「ご自身達の行動のツケは、ご自身達で支払うべきだものね」

言い終わると同時にミリエールは立ち上がり、帰宅の準備を侍女に告げた。

「カサンドラ、今度我が家にもいらしてね」

「勿論。ルピアさんにもご一緒していただいても良いかしら？」

「ええ！　ルピアもきっと喜ぶわ」

「まぁ、嬉しい」

カサンドラもミリエールも、ようやく雰囲気を柔らかくし、微笑み合った。

◇◇◇◇◇◇◇◇◇

ミリエールとカサンドラの二人が微笑み合っている一方で、悪いことというものは、意識せずとも続いてしまうもの。しかも本人の意識外でも続いてしまうことがあるので、とてもたちが悪い。

王太子リアムと王太子妃ファルティは願ってもいないのに、動き出してしまった者が数名いたのだ。

二人の『運命の恋物語』に心惹《ひ》かれ、輝かしい未来を摑《つか》み取《と》ったファルティを崇拝せんばかりに尊敬している男子生徒達。彼らは、決して悪気がある訳では無かった。だが、喧嘩《けんか》を売りに行った相手がすこぶる悪かった。

ひんやりとした空気を纏《まと》うルピアは、さらにもう一通届いた手紙を見てぐしゃりと握りつぶした。

「立て続けに、よくもまぁ」

王太子夫妻への対応をどうしようか、と頭を悩ませていた三人の下に続いたルピア宛ての二通目の手紙。

要約すると『王太子夫妻を傷付けるとは何たることか』という、とんでもなく飛躍した内容。傷付けるもなにも、そもそも彼らの中の大前提が間違っていることに、全く気付いていない。むしろ、悪化しているのでは？　とルピアは頭を抱えたくなるが、ここでようやくルパートに会いに来た、本来の理由を思い出して踏みとどまった。

「そうよ、うっかりしていたけれど、わたくしルパートに話すことがあってここに来たの」

「何？　姉さん」

「その……すごく抽象的な話になってしまうんだけれど」

「……？」

ヴェルネラとルパート、二人揃ってぽかんとした顔になっている。

歯切れの悪いルピアを見るのがほぼ初めて、というところなのだろうが、ルピア自身もどうやって切り出したものかと悩んではいるのだ。

悩んでいたところに王太子夫妻からのお見舞いに来たい、とかいうよく分からない要請。ルピアはその要請に対してふざけるな、と叫びたかったが、一旦どうでも良くなっていた。続けて届いた手紙もあるが、あえて今はそれには言及しない。

自分に起こっていたことを目の前の二人に話して、少しでも解決の糸口を探したかった。

「わたくしの様子がおかしかった、というのは、ルパートは聞いているわね？」

「あぁ……うん」

洗脳とも言うべき、よく分からない精神状態になっていたルピア。帰国したルパートはそれを見聞きして心神喪失状態にあったのではないか、という予測を立てていた。

「それなんだけど……」

「お義姉様、何があったんですか？」

「……操られていた、とでもいうべき、かしら」

「…………は？」

「…………なんですって？」

ルパートとヴェルネラ、二人の殺意がぶわりと膨れ上がる。

彼らは間違いなく王太子妃であるファルティが操った、と思っている。だが、ルピアが即否定をした。

「二人が思っているようなものではないから、殺気をしまいなさい」

「いや、普通はそう思うよ」

「そうですわよお義姉様！　あの王太子妃が何かしたというわけではないんですの⁉」

「違うの。別にいるのよ」

別に、という単語で二人は改めて顔を見合わせている。

「あの二人の結婚式の日……わたくしが倒れた日のことね。頭の中に、奇妙な声が流れてきたの」

思い出そうとすると頭痛がまた襲ってくるが、大きく深呼吸をしてからルピアは言葉を続けた。

「『システムからの、解放完了』と。そこからね、わたくしがこうしてきちんと動けるようになったのは」

「ま、待って姉さん！」

「……とてつもない荒唐無稽な話だとは理解しているの。けれど、本当なの」

話を聞いて、うーん、と唸っているヴェルネラ。

そしてルピアの言った内容に、混乱しているルパート。

言った張本人であるルピアも、これがどれだけバカげた話なのかは理解している。だが、自身に起こった、まぎれもない事実。

「……ええと、つまり」

混乱しているルパートを横目に、ヴェルネラが口を開いた。

「そのシステム、とやらがお義姉様を操って……というか、思い通りに動かしていた、と」

「ええ」

「それって、いつからですの？」

「確か、学院の三年生に上がってしばらくした頃かしら。ある日いきなり頭の中にモヤがかかったようになって……それからよ。わたくしがファルティを『友』だなんて思うようになっていたのは」

「思う、っていうか、それは……」

「『思わされていた』ではないのでしょうか……」

ルピアから聞いた内容に、ルパートとヴェルネラ、二人の顔色が悪くなる。

それもそうだろう。自分の意思では友達だと思えず、『思わされる』という状態で一年半接しなければいけない。しかも、その一年半の間に、ルピアのものであったはずの王太子妃の座は奪われた。

本人やカルモンド公爵家、ならびにカルモンド家一門全てからすれば、王太子妃の座はどうでもいい。自分たちが望んだわけではなく、王家から乞うてきた婚約だったのだから。

むしろルピアが次期公爵になれるのであれば、好都合。王家から要請してきた婚約を、王家都合で無しにする。しかも堂々と。

これ幸いと、アリステリオスは嬉々《きき》として婚約解消の手続きを取ってしまった。

「……つまりは、その『システム』曰く、姉さんはもう解放されたから……」

「思い通りにさせる必要がなくなった……？」

だから、とヴェルネラは更に続ける。

「何時《いつ》も通りのお義姉様に戻った……と？」

「そういうことらしいわ」

「何て迷惑なこと……！」

んもう！　と叫んでからヴェルネラは触り心地のいいクッションを思いきり殴り、心配そうな眼差しをルピアへと向けた。

「お義姉様が体調を崩した、というのは、システムから解放されたことによる反動？のようなものなのでしょうか……」

「それと、記憶消去の魔法の後遺症も、ね」

「実際、記憶って消えてるの？　姉さん、すごく普通なんだけど」

「ええ、消えているわ」

「どうやって証明する？」

ルパートの問いかけに、ルピアはにこりと微笑んだ。

「王太子妃が守らなければいけないお作法について、わたくしに聞いてみて？　きっとわたくしはとんちんかんな答えを返すわ。だって、記憶がないのだから。もしかしたら、わざと変な答えを返してるんじゃないか、って思う人もいるかもしれないけど、わざわざ『知らないフリ』や『出来ない演技』なんていう、無駄で、とてつもなく無様な事を、このわたくしがすると思う？」

思わないな、とルパートとヴェルネラの思考は一致した。

プライドの高さは国境にある高い山脈にも劣らないほどのルピアだ。『記憶を消されています』という演技なんか、本人のプライドにかけて出来るわけがないし、やるはずもないのだから。

それに、とルピアは言葉を続けていく。

「わたくしの王太子妃教育の記憶を消されて辛いのは誰？　教育内容を教えてほしいファルティだけでしょう？」

「そうだけど」

「わたくし自身はそんな記憶は無くても問題ない。だから、消した。それだけよ」

実に姉らしい、とルパートは感心する。それだけ、と言いながらあんなに辛そうな思いをしてまでも、成し遂げてしまっている。

この姉だからこそ、次期公爵にふさわしい。だがもしも、王太子妃となり将来の王妃となる未来が閉ざされていなければ、間違いなく王を支える良き王妃として後世に語り継がれたことだろう、とも思う。

その未来をぶち壊したのはファルティとリアム。

王太子リアムが、伯爵令嬢ファルティと結ばれた結果として王太子妃候補の最有力だったルピアが排除された、という事実。

他の王太子妃候補達は一体何をしていたのだろうと思い調べてみたものの、揃いも揃って、結婚式の前に全員王太子妃候補から外されていたらしい。

しかし、ルピアが話していた『システム』とやらが一体何者なのかは分からない。だが、その『システム』はルピアを人形のように一年半もの間操り続け、思考を奪っていた。

それだけでルパートやヴェルネラの中では万死に値するというものだが、ではその『システム』とやらの正体は一体何なのか、どこの誰なのか。

思い浮かんだのは王太子妃であるファルティが何かしらの術を使い、ルピアを操っていたのでは？　という可能性。しかし、それならばずっと操り続けていないといけない。

ファルティを支えてやってほしい、などという馬鹿げた依頼を王家がしてくる時点で、彼女自身が何かしらの術を使って操っていた、という説は成り立たなかった。操り続け、ルピアに言うことを聞かせればそれで良いのだから。

「その声ってさ、女の人？　男の人？」

「声？」

「姉さんがさっき言ってた『システム』？　だっけ。その声」

「……何ともいえない、妙な声だったのよね……」

ルピア達の住む世界にも、信仰されている宗教があり、神がいる。

ひとつの可能性として『神託』めいた何かにより、この一年半の出来事が起こっていたとしたら、とも考えてみたが、うまく結びつかなかった。

ヒトを人形のように扱い、意思まで奪い、一体何がしたいのか理解できない。

「解放されたから良いけれど、でもどうしてこうなったのかは、きちんと分かっておきたいのよね。万が一、二回目がないとも限らないから」

冷静に、淡々と告げるルピアに、ヴェルネラもルパートも頷いた。

「あの二人からのお見舞いとやらの要請は勿論断るわ。お父様やお母様にもご協力いただけると良いんだけど」

「協力は勿論してくれるよ。ヴェルネラ……は、うん。分かったから、食い気味に頷くのはちょっと控えろ」

「お義姉様への協力なら何でも！」

「ふふ、ありがとうヴェルネラ」

ふわりとした、柔らかな空気が流れていたのも束《つか》の間《ま》。

何やら部屋の外、というか屋敷全体が少し騒がしい。普段あまりこのように騒がしくはないのだが、とルピアもルパートも首を傾げた。

「勝手なことは困ります！」などの声も聞こえてくるから、よろしくはない事態だということはすぐに理解できる。

三人が顔を見合わせていた時、乱暴に扉がノックされ、返事をしないままでいると待ちきれないと言わんばかりに物凄《ものすご》い勢いで扉が開かれた。

「失礼する！」

何だ、と視線を向けた先に立っていたのは披露宴のあの場でルピアを両脇から拘束していた男爵家の子息二人。

憤怒《ふんぬ》の形相でルピアを睨んできているが、公爵家の屋敷にここまで乱暴に押し入ってきた時点で余程の覚悟ができているのだろう、と双子は視線だけで会話をする。『こいつら、どうする？』『とりあえず、言いたいだけ言わせましょうか』と目で会話し、頷き合う。

ルピアが何も言わないのを良いことに、二人は大きな声で、まるで怒鳴るように話し始めた。

「何のつもりか！　お前、王太子妃様の寛大なるお心を無下にしているそうではないか！」

「だから殿下はお前ではなく、王太子妃様をお選びになったのだ！　わきまえろ！」

だから？　としか思えないような、ルピアにとっては、罵り文句とすら認識できないような、お粗末な言葉たち。

ファルティに心酔しているのは別にどうでもいい。誰を尊敬し、誰を崇拝しようが本人の自由なのだから。けれど、それを何故こちらにも強いてくるのか。

ルピアが何か言おうと口を開こうとした矢先、座っていたルパートが立ち上がって無言で二人の前まで歩いていき、流れるように一人を殴り飛ばし、もう一人を蹴り飛ばした。

「あぐ、っ！」

防御をする、などという心構えを勿論していなかった二人は、それぞれ吹き飛ばされる。

ここまで来る間に公爵家の騎士も居たはずだが、どうにかこうにか突破出来てしまったのだろう。だが、ここに入り込んできてしまったことが、この二人の運の尽きだった。

「……ガリバルディ男爵子息と、ジナスモ男爵子息、か」

「……ほ、ほは、はひ……」

何を、と言いたかったのかもしれないが、夜叉《やしゃ》のように二人を睨みつけるルパートに勝てるというのなら、是非試してもらいたいなぁ、とルピアはのんびり考える。

姉である自分《ルピア》を守るため、あのまま王太子妃になっていたら王国騎士団へと入団することを心に決めていたルパートは、言うまでもなく強い。

公爵家の騎士たちも強いのだが、まさかこんなことが起こるとは想定していなかったのだろうか。少ししっかりめに教育をし直さなければいけないな、とお茶を飲みながら考えるルピア。床に這《は》いつくばる二人を蔑むように見て、ルピアは冷たい口調で話し始めた。

「いい度胸ですこと。我が公爵家に乗り込んでくるという、ふざけ切った真似《まね》をなさるだなんて」

「……!?」

何か話そうにも痛みが勝って思うように口を開けない二人は、ただルピアを睨んでいたが、それはすぐに終わった。

「姉上を睨んで、貴様ら何様だ？」

ルパートは、容赦なくガリバルディ男爵子息の頭を踏みつける。

くぐもったうめき声が聞こえるが、ルパートの知ったことではない。ぎりり、と頭を踏みつける足に力を込めていく。

「乗り込んできた、という言葉が丁寧にすら聞こえるわね。そうだわ、男爵家が公爵家に対して謀反を企てていた、と報告しましょうか」

え、と呆気《あっけ》にとられた声を出したのはどちらの男爵子息だろうか。そんなこと、気にいい、気にしてなど、やらない。

「だってそうでしょう？　約束をしていないにもかかわらず、許可なく我が家にお二方がいきなり乗り込んでいらして、更には公爵家の騎士の制止も、使用人達の制止をも振り切ってここまで来て……」

ルピアは立ち上がり、ルパートの元へ歩いていく。

こつん、こつん、というヒールの音が、床に転がる二人にはよく響いたかもしれない。心なしか顔色も悪いようだが、気にしてなどやらない。

「まるで、我が父が留守なのを知っていて、強襲してきたようではなくて？」

今ここにいるのは、身内の前で気を抜いていたルピアではない。

公の場に出るときの、『ルピア＝カルモンド』という公爵令嬢として、体調の悪さも何もかもを綺麗に隠し、二人を蔑み、睨みつけている。

「しかも、『身分が上のものの許可を得ずして下位のものは口を開いてはならぬ』という当たり前の常識ですら無視する立ち居振る舞い。……さて、どうしてくれましょうか」

「お嬢様!!」

バタバタと慌てて騎士達が駆け込んでくる。

「なんという有様《ありさま》ですか！　公爵家専属騎士が、この愚者どもの侵入を許すなど、言語道断！」

「申し訳ございません！」

「謝罪なら幼子でもできます！　此度《こたび》の件についてはお父様に報告いたしますから、沙汰を待ちなさい。……お前達はどうも、気が緩んでいるようだから」

ルピアの迫力に呑《の》まれ、騎士達が「ひぃ」と小さな悲鳴を上げる。これを知ったアリステリオスは、烈火のごとく激怒することだろう。

この家を守るために鍛錬していた騎士たちが、まさかこのような者たちの侵入を許してしまうなど、ありえない。

そして、床に転がる男爵子息二人に、ルピアは変わらず冷たい目と声を向けて言った。

「お前たちの行動で、家が取り潰しにならなければ良いわねぇ……？」

にぃ、と心底愉快そうに嗤《わら》うルピアを見上げる二人。こうなるだなんて予想もしていなかったであろう二人は、この双子を完全に舐《な》めきっていた。

そして、ようやく気付いたのだ。自分たちの家ごときが、この家にかなう筈《はず》もなかったことを。

「おかわいそうなガリバルディ家とジナスモ家。息子が公爵令嬢を襲いに行く、という愚行の後処理に走り回らなければいけないだなんて」

　は、は、と二人の呼吸が浅くなっていくのが分かる。

　ルピアのとてつもない迫力と、ルパートの強烈な威圧。

　駄目だ、と今更後悔した。

　公爵家に対して喧嘩を売ってしまったことに遅ればせながら気付いた二人だが、もうとっくに遅かったのだ。

　そして、驚くほど表情を消してこの光景を眺めているヴェルネラ。彼女の実家であるアルチオーニ伯爵家までもを敵に回したことには、彼らはまだ、気付いていなかったのである。

　アルチオーニ伯爵家。

　何で有名なのか、と問われれば大抵の人は『交易』と答えるだろう。

　独自に築き上げた人脈と、商会や貴族との繋がり。それらを駆使して行われる取引は、平民から貴族まで、自国、他国を問わず有名であった。望みの品が手に入ることは当たり前として、それ以上を言わずとも察し、薦めてくれるということが評判になり、長い時間をかけて莫大《ばくだい》な富を築き上げていった。

　中でも今代のアルチオーニ家当主と、更に次期当主であるヴェルネラの兄は、とんでもない商才と人の心を掴む話術に長《た》けているのだが、ヴェルネラはどちらかといえば『平凡』だったし、そう言われ続けていた。

人の心を摑むことや、あちらこちらに人脈を作り上げることよりも、ヴェルネラ自身は穏やかに暮らしたいと願っていた。

仕事に関係した付き合いのある人々が家にやってくる度、ヴェルネラはどうにも落ち着かなかった。貴族に生まれたからには仕方ないと理解はしているものの、気持ちは疲弊し続けていく一方。

婚約者選びも、社交界に出て人脈を広げることも、令嬢たちのお喋《しゃべ》りも、何もかもどうでも良かった。そんな考えではいけないことは理解しているが、何故だか駄目だったのだ。


――また、現在から時は遡り、三年前のこと。ヴェルネラがまだ、ルピアと知り合う前の十三歳の時である。


王国主催で半年に一度開催される、国中の貴族を集めたお茶会にアルチオーニ伯爵家も招待されたのだが、そこでヴェルネラは運命の出会いを果たす。

それが、他でもないルピアだった。

凛とした佇《たたず》まい。真っ直ぐ背筋を伸ばして前を見据える力強い眼差し。次期公爵としての教育を受けながら、王太子妃候補としての教育までも受けているという才女。

彼女を馬鹿にする人は、誰一人としていなかった。

取り入りたい貴族も含め、ルピアの周りには様々な人々が集まり、入れ代わり立ち代わり挨拶をしたり談笑したりしていた。

ヴェルネラからすれば、それらを微笑みを浮かべてこなしているだけでも、すごい、と賞賛出来る行動の数々。あまり人に近づきたくはなかったが、ルピアとは是非とも知り合いになりたいと、何故だか自然とそう思えたのだ。

惹かれた、という表現が一番しっくりくるのかもしれない。

ふらふらとルピアの元に近付き、挨拶をしようとタイミングを見計らっていると『少し、失礼します』とルピアが人の輪から離れていく。

これはチャンスだ、そう思ってヴェルネラは彼女の後を追いかけた。

『どうにかして……お話できないかしら……！』

ヴェルネラはルピアの後を、一定の距離を取りながら追いかけていく。

自然と、距離と速度を保ちながら、リズム良く歩いていく。あまりに自然で、ルピアが気付かないほどに。

そうして少しの時間歩き、ルピアが入っていったのは休憩場所として用意されていたある一室。

てっきり化粧室に向かうのだとばかり思っていたヴェルネラは、はて、と首を傾げて一歩踏み出した、その時。

『何者だ貴様！』

ひゅ、と空気を切る音が聞こえ、喉元に突きつけられた短剣。驚きながらもどこか冷静に、ヴェルネラは短剣へと視線を落とすが、怖くはなかった。

『答えよ。何故、我が姉をつけ回している』

将来的に婚約者となるルパートだが、三年前は当然、ヴェルネラのことなんて知りはしない。ルパートはヴェルネラに鋭い声を放ったのだが、ヴェルネラは少しも怖いとは感じていなかった。

『ええ、と……つけ回したつもりは、無いのですが』

『嘘をつくな！』

ヴェルネラの答えに苛立《いらだ》ちを覚え、更に鋭くなるルパートの声だが、ルピアがそれを制した。

『待ちなさい、ルパート』

『姉さん、でも！』

『……落ち着きなさい。わたくしも、この子に跡をつけられていると気が付いたのは本当にさっき、なのよ』

『……え？』

ルピアの跡をつけることがどれだけ危険か。加えて、どれだけ困難なことか、ヴェルネラは理解できずにいた。あまりに普通に、それが出来てしまったのだから。

『あ、の……？』

『貴女、アルチオーニ伯爵家のヴェルネラ嬢ね』

『は、はい』

今日初めて会ったけれど、ルピアがヴェルネラのことを知ってくれていた、と分かりヴェルネラの表情がぱっと明るくなる。だが、ルピアはそれどころではなかった。

『……いやだわ、どうしてアルチオーニ伯爵はこの娘《こ》の価値に気付いていらっしゃらないのかしら……』

何やらブツブツと呟いて、ルピアは未だ短剣を突きつけたままのルパートの腕を掴み、ぐっと下ろさせた。万が一このままルパートが短剣を動かしてしまえば、喉に刺さるかもしれない。

そんな事をしても、きっとヴェルネラは気にしない。それどころか、下手をすれば避ける。

『ヴェルネラ嬢。ゆっくり話すから、ご自身の中で理解してね』

『は、はい……』

『貴女、伯爵家では「平凡」と言われ続けているのではなくて？』

『どうして、それを』

『社交界でよく言われているもの。アルチオーニの娘は、いささか平凡だ……と』

『それは、あの、はい。その通りです……』

『平凡とか、有り得ないわ』

ぐ、とヴェルネラは言葉に詰まり、明るかった顔が少しだけ曇る。

あぁ、この人の目には自分は平凡どころか、能無しのようにしか映らなかったのだろうと、ヴェルネラが後ろ向きになりかけたその時だった。

『とてつもない「異常」、「非凡」よ』

『…………………………え？』

どうしてヴェルネラを非凡だと理解できないのだろうか、といったルピアの表情と、ルピアの言葉の意味がよく分かっていないルパートの表情は、対照的だった。

何が一体、とルパートは考え始めて『あ』と声を出す。

『お前、どうやって姉さんの跡をつけてきた？』

『どう、って……』

普通にですが、と恐る恐る答えたヴェルネラを、信じられないようなものでも見る眼差しで見つめる双子。

――有り得なかった。

カルモンド公爵家は代々、国の防衛に携わっている。そして、ルピアは次期当主としての教育も受けている。

ありとあらゆる体術を叩《たた》き込《こ》まれ、人の気配にはかなり敏感。それに加えて自分の心の内に入れていない人物を一定範囲内に入れることなど、決して、しない。

歩く時も人の気配を常に探りながら、気を張り続ける生活を送ることに慣れきったルピアを、どうやって追跡したというのか。

『普通、に……って……？』


遠慮がちに答えたヴェルネラを、ルパートはぎょっとして見つめていた。言い方は悪いが、どこにでも居そうな少女が、姉の後をほいほいと追いかけてこられるなど到底思えない。

だが、実際にここまで撒かれることなく追いかけてきている。

『あぁ……そうか。……うん、確かに貴女は「非凡」の塊だ、アルチオーニ伯爵令嬢』

大きな溜息を吐いて、ルパートはその場にしゃがみ込んだ。

何か自分が粗相をしてしまったのか、とヴェルネラが慌てていると、ルピアがふわりとヴェルネラに微笑みかける。

『ヴェルネラ嬢、貴女、アルチオーニ伯爵家の「裏」の仕事が向いているのかもしれないわ。「表」は、貴女の兄上にお任せしておきなさいな』

『え、……ええと、……はい？』

ふふ、とルピアは綺麗に笑ったままでヴェルネラに手を差し出した。

『あぁ、「裏」が何なのかは、貴女のお父上に聞くと教えてくださるはずよ。適性検査があるけれど、貴女なら大丈夫。……わたくしが保証するわ』

その言葉通り、『適性検査』を受けた後、ヴェルネラが『平凡』と言われることはなくなった。

『裏』の仕事をこなせる能力を持った人物はなかなか居ない。それ故にアルチオーニの『裏』の仕事を誰に継がせるのか、という後継者問題が発生していたのだが、『裏』の仕事に関わる人物達は手のひらを返して喜んだ。

——それから、二年後。

ヴェルネラはあっという間に才能を開花させ、現在のような立ち居振る舞いを身に付け、ルパートの婚約者にもなった。

そして、更に今。ヴェルネラは、尊敬するルピアの警護役——正確にはルパートの婚約者として、目の前で床に転がる二人の男爵子息を眺めていた。目にも、雰囲気にも、優しさなどは一切ない。あるのは、氷のような冷たさ。

こいつらが、自分の敬愛するルピアに対して無礼を働いた。更にはこうして公爵家にまで押しかけてきた。身の程知らずもいいところだ。

「……カルモンド公爵家に対し、このような非礼を働くような輩《やから》のいる家なぞ、当家は付き合いたくもありませんわ」

怒りを最大限に込めた声。あまり大きな声ではなかったのに、何故だか男爵子息たちにははっきりと聞こえた。

「関係ないはずの人間が何を言っているのだ」と思い、子息たちは視線だけをヴェルネラへと向ける。

「ひ、っ」

喉からひゅう、と妙な空気が漏れてしまった。

情けないと言われようとも仕方ない。彼らは、もう一人の化け物までもを敵に回した。

「わたくし……父と兄に報告いたしますわね、お義姉様、ルパート」

「あぁ、頼んだ」

「お任せ下さいな。……お二方の家との交流を、一、切、合、切、な、く、し、て、く、れ、そう申し上げておけば理解してくれるわ。父と兄ならば」

人には向き不向きがある。

ヴェルネラは『表舞台』に向いていなかった、というだけのこと。だが、適した場所で、適した教育を受ければ、これほどまでに強く美しく輝くことが出来るのだ。

「ねぇ。身の程知らずな貴方方。王太子妃様に心酔するのもよろしいと思うし、好きにすれば良いとも思うけれど……」

ヴェルネラはにこり、と場違いな程美しく微笑んで、続けた。

「身の丈に合わない行動は、取ってはなりませんわ。……絶対に、許してなどやらないから」

こうして、ガリバルディ男爵家とジナスモ男爵家。両家の当主が何も知らぬまま、絶対に切ってはならない家との付き合いが、あまりに呆気なく絶たれてしまった。

◇◇◇◇◇◇◇◇◇◇

「お前はなんということをしてくれたのだ!!」

悲愴《ひそう》過ぎるほどの叫び声がガリバルディ男爵邸で響き渡った。

声の主は現当主。

それほどまでに叱られると思っていなかったらしい息子は不満そうにしていたが、次いで告げられた父と母の台詞で真っ青になる。

「カルモンド公爵家のみならず、お前は、……お前はアルチオーニ伯爵家までも敵に回したというのか⁉　終わった……。もう、終わりだ……」

「カルモンド公爵家は国防の要。そして、アルチオーニ伯爵家は流通の要。特にアルチオーニ伯爵家を敵に回せば……これまで贔屓《ひいき》価格で購入出来ていたものが全て買えなくなる……！　通常の価格に戻るならまだしも、出入り禁止になりかねませんわ……！」

え、と間抜けな声をあげる息子に対し、父から投げ付けられたのは熱いお茶の入ったティーカップ。

「あ、あつっ!!」

「この、能無しが!!」

ガリバルディ男爵は、真っ赤な顔で慌てて紅茶を拭う息子の髪を摑み、思いきり横に引いて床に転がした。

熱いし痛い、どうしてくれる！　と反論しようとした息子に対して、父は問答無用で何発も踏み、蹴り、言葉でも詰《なじ》った。

「頼まれたのか⁉　王太子妃様に！　カルモンド公爵令嬢を罰しろと！　だとしても、お前にそんな権利などない！　お前が、したのは、余計な、お世話、だ！」

言葉を区切りながら何度も何度も蹴り、踏みつける。

顔を踏まれ、当たりどころが悪ければ失明してしまうかもしれないと頭を必死に守るが、父の足は体も足も、どこもかしこもを無作為に踏みつけ、蹴り上げていく。

「や、やめ、やめてください！　母上、助けて！」

助けを求めた先の母は、汚物を見るかのような眼差しを息子へと向けていた。え、と間抜けな声が零《こぼ》れるが、母は冷たい目のままで嫌そうに怒鳴りつけた。

「お前に母などと呼ばれたくありません。我が家を滅ぼす、この、悪魔‼」

良かれと思って、自分の信じる正義の元に行っただけの、ちょっ、と、い、い、した注意のつもりだった。

これが学院時代であれば、まだどうにかことを収められたかもしれないが、彼らは既に卒業している。

大人である以上、貴族として立場なりの行動を取る必要があり、自分の身勝手な思いだけで行動することはあまりにも愚かなのである。

そして、彼らの愚かさで被害を受けたのは、彼らの『家』。

ガリバルディ男爵家宛にカルモンド公爵家から、とんでもない早さで抗議文が届けられた。

先触れも出さずに訪問し、学生時代にはさして関わりもなかった公爵令嬢に対しての無礼な振舞い。突然乗り込んだ先の公爵家を混乱させ、数々の迷惑をかけた。

これだけでも、どれだけ賠償金を支払えば良いのか分からなかった男爵達だが、続いてアルチオーニ伯爵家から届いた抗議文。

内容は、『一切の交流を絶たせていただきます』というとても簡潔なもの。

血の気が引くとはまさにこの事だろう。

由緒正しき公爵家を敵に回したという事実と、とてつもない人脈を誇る伯爵家から見捨てられたことが、重くのしかかる。

「……お前を殺して首を晒《さら》し、それで許されるのであればとっくにそうしているが、しかしな……いいかがそんなことで解決する問題でもない！」

ぜぇはぁと息を荒らげる父が絞り出すように告げた内容と、襲い来る痛みが、ようやく男爵子息を我に返らせた。というより、ようやく思い知った。男爵子息が、最初から今まで信じていた正義は、独り善がりなものでしかなかった、ということを。

そして、自分の首程度で許されるものではないという言葉に、男爵子息は震え上がる。

「あ、あやまって、きま」

「謝って許されるなら、伯爵家からこのような絶縁状が届くわけあるか!!」

「で、ではカルモンド公爵令嬢に！」

「何をどうするというの」

「そ、の」

謝ろうと思います、と続けるつもりだった言葉は、声に出す前に霧散した。

冷ややかな、両親の目。

「……王太子殿下の側近になった時は褒めたが……このような醜態をさらしてくれるとはな」

一体、何をどうすればこのようなバカげた思考回路の息子が出来上がり、家にまで迷惑をかけてくれるようになるというのか。

はああ、と大きすぎるほどの溜息を吐いて、男爵はどかりとソファに座った。

「我が家はもう終わりだ。終わり。お前たちのせいで、な!!」

未だ床にへたり込んだままの息子に、男爵は残っていたカップのソーサーを投げつける。

「い、っ！」

男爵は涙声になりながら、改めて痛がる息子に現実を突きつけた。

「……お前らは、ただ公爵家に殴り込み、ご迷惑をかけただけでは飽き足らず、ご令嬢をも罵った
結果、我が家は公爵家を敵に回して、アルチオーニ伯爵家にも縁を切られた、ということなんだ

よ!!」

「あ……」

「王太子妃殿下が喜ぶと思ってやったんだろうが、招いたのは我が家の破滅だ！」

あっはははは！　とまるで正気を失ったように笑う父と、泣き崩れている母。


なお、これとほぼ同じ光景がもう一つの男爵家でも繰り広げられていた。

ガリバルディ男爵家ではあの程度で終了したが、ジナスモ男爵家では、起こっていた内容こそ同じであるが、迫力は段違いだったという。

何せジナスモ男爵家には他に娘が三人おり、彼の姉と二人の妹はアルチオーニ伯爵家から届いた絶縁状に絶叫し、罵るのみならず三人がかりで容赦なくぼこぼこにしたらしい。

この話は、男爵子息たちの知り合いを通じてリアムとファルティに伝わった。

「どうして……そんなひどいことを」

絶望したようにつぶやくファルティと、納得したようなリアムの反応が全く異なるものだったことは、きっと、誰も知らない。

◇◇◇◇◇◇◇◇

執事長のジフから、公爵家に届いた文書の詳細を聞いたアリステリオスは、心の底から大きな溜息を吐いた。そして思う、『こんな国、本当にさっさと捨てた方が良いのでは』と。

ルピアの婚約をあっさりと解消された時にも思ってはいたのだが、まだ改善の余地があるかと躊《ちゅう》躇《ちょ》していた。だが、もう遠慮する必要は無さそうだ。

国王から届いた、ルピアの記憶消去に関する抗議文。内容は、予想通りといえばそれまでのもの。『どうして、王家立ち会いの下行わなかったのか』『王太子妃にどうして協力してくれないのだ？意地を張っているのではないのだろうか』というものだったのだが、それを見たアリステリオスは鼻で笑っただけだった。

早急に国王に謁見を申し込み、招かれた部屋に入り、双方着席してから先に口を開いたのはアリステリオスの方。

本来であれば身分の高いものからの許しがなければ、低位のものは口は開けないというマナーがあるのだが、そんなもの知ったことではない、とばかりに言葉を紡ぐ。

「国王陛下が先に約束を破られましたので、問題ないかと思ったんですが。いやぁ、責められるとは思いもよりませんでした」

はっはっは、と朗らかに笑っているアリステリオスだが、目の奥には果てしない程の怒りが込められている。

約束、というよりも国が望んだ婚約を一方的に解消しただけではなく、当の王太子妃に協力する役割を押し付けてきた。

公爵として、というよりも『親』として許せるものではなかったのだ。だから、アリステリオスは、公爵として咎められようとも家族を守ることを優先させたのだ。

「娘を守って何が悪いのでしょうか？」

「だ、だが、こちらの要請に対して、あまりにもそなたは不誠実であろう！」

「陛下、婚約を当家に命じてきたときと婚約を解消したときのこと。あれらのお振る舞いは不誠実ではないとおっしゃいますか？」

「ぐ、……っ」

「当家との繋がりを求め、我が娘に望まぬ婚約を押し付けながら、殿下が優秀な娘と恋仲になった。だからその気持ちを優先したいと言ってきたのは、どこのどなたでしたか？」

淡々と告げ、未だに王太子妃に協力しろと言ってくる国王の態度に嫌悪感を隠さず問うてくるアリステリオスの怒りの大きさを、国王は舐め切っていた。

ルピアに行われていた次期公爵としての後継者教育なども含め、相当厳しく接しているのを国王は見ていたし、周囲も『幼子にあのような苛烈な教育を……』と囁《ささや》き合《あ》っていたからてっきり『公爵家の親子関係は冷え切っている』と、勝手に思い込んでいたこともある。

これは王妃や、王太子であるリアムもそう思い込んでいた。だから、『王太子妃候補にルピアが選ばれること』は家としての誇り、本人の誉れとなるのだとも、勝手に決め付けていた。

王家の人間は知らないが、王命による婚約、という言葉を聞いて自分の状況を理解したルピアは、両親、更には使用人達や親戚一同が居る前でみるみるうちに真っ青になり絶望し、わんわんと泣き喚《わめ》いたのだ。

『嫌だ』、『わたしはカルモンド公爵になる！』と、今では考えられないほどに王太子妃候補となるのを嫌がった。だが、『王命』という言葉の意味をきちんと理解した後のルピアは、考え抜いた結果諦めきれず、父と母にこう告げたのだ。

『いつか、もしもその日が来たら、わたしを当主にしてください。それまでは、どちらの道も捨てず、諦めず、どれだけ辛くともやり遂げますから』

そして、その日が来たというだけの話。父であるアリステリオスは娘の願いを叶えるべく動いた。ただ、それだけだった。

それの何が悪いのだろうか、と白々しく問いかけると、国王は顔を真っ赤にしてアリステリオスを睨み付けてくるが、痛くも痒《かゆ》くもない。

「優秀なのでしょう？　王太子妃殿下は。貴方がたが、口を揃えて褒めたたえたではありませんか」

自分たちが自信満々に言った言葉が、ことごとくアリステリオスによって突き返される。そうだ、確かにそう言って簡単に婚約を解消する手続きを進めた。

進めたのは誰か？　他ならない国王と王妃、王太子だというのに、今になってアリステリオスの行動を、彼らはことごとく批難してくる。

しかし、アリステリオスがこうしてはっきりと現実を突きつけたおかげで、ようやく諸々を理解したらしい。青くなったり赤くなったり、目をぱちくりさせたりと、国王はとても忙しくしている。

だが、おっさんの表情がぐるんぐるんと変わるところを見て何が楽しいのか、とアリステリオスは何ともいえない顔になった。

「ご自身らが言ったこと、行ったことが、高位貴族の反感を買っていることも理解出来ておられぬのであれば、ここ一年半を振り返られると良い。……あの王太子妃殿下に熱を上げているのは、王立学院で彼女の取り巻きをしていた下位貴族と平民くらいです。それくらい、調べればすぐにお分かりいただけます」

「ま、待て公爵、どこに行くのだ！」

よいしょ、と立ち上がったアリステリオスを止めようとする国王だが、その言葉も伸ばした手も、届くことは無かった。返ってきたのは拒絶反応。

「もう、この国に居ることに意味を見出《みいだ》せません。娘への仕打ちだけで、と言われるかもしれませんが……」

とことんまで冷えきった部屋の空気と、変わりすぎたアリステリオスの態度に、国王が身震いをした。

「……我が家はね、陛下。皆々様が思うよりも仲が良いのですよ。例えば、娘のために国を捨てようと思うくらいには、わたしも妻も、そして使用人達もルピアが可愛くて仕方ないのです」

微笑んでいるのに、国王へと向ける眼差しには温度がない。

愛娘《まなむすめ》を守るためならば何でもしてみせるほどの気概と、それを実行に移してしまえるほどの、力がある。

更に、アリステリオスの一番愛しい妻が最大の味方なのだ。彼女も、『それ』を使ってしまうことに躊躇はなかったし、同時進行で連絡を取ってくれている。

「こ、ここを出てどこに行くというのだ！」

「……おや、わたしの妻の実家がどこか、それもお忘れですか」

「ま、さか」

にぃ、と笑うアリステリオスは聞こえやすいようにと、少しだけ話す速度を落とした。

「ええ、妻であるミリエールの実家も賛成してくれているのですよ。爵位などどうとでもしてやるからこちらの国へと来るように、と言ってくれております」

ミリエールの実家にして祖国である、『クア王国』。

彼女はクア王国の元王女であり、王位継承順位こそかなり下位ではあったが、兄や姉たちと年が離れていたこともあり大切に育てられてきた。

アリステリオスが公爵家の長男であったことから、国同士の交流会で二人は出会い、ミリエールがアリステリオスに一目ぼれをしてクア王国から降嫁してきたというわけなのだ。ミリエール自身はクア王国での王位継承権は嫁ぐ際に完全放棄してきた。

だが、婚姻時に父や母、兄姉《きょうだい》たちから『何かあった時はいつでも祖国を頼れ。遠慮をするな』と言われていたのだ。

ミリエールは躊躇することなく、現王である兄に助けを求めた。ルピアの身に起こったことを全て話したうえで移住をして良いか伺いを立てたところ、二つ返事で許可された。

ルピアもルパートも、クア王国の言語は問題なく喋れるし、クア王国の文化水準は今住んでいる所と差異はない。

住む場所が今の国から母の祖国に移るだけ、という認識でしかない双子は、母の提案に迷うことなく頷いたし、ヴェルネラはヴェルネラで『ルパートとの婚約が解消されるというわけではないので問題ございませんわ』と、家族に相談したうえで移住をあっさりと了承してくれた。

クア王国側では、他国に嫁いだ王女が帰ってくるという事で貴族たちがざわついたものの、当の本人が『王位継承権？　そんなもの不要です。平和に暮らせればいいので』と、しっかり手紙に書いて送ってきたうえに、その内容を公開するように現王・ロッドに申し出ていた。不満を抱いたものにはその手紙自体を遠慮なく見せてくれ、とも伝えていたのだ。

ひとまず帰国後の仕事と身分が保障されていれば、あとは自分たちでどうにかする、という内容も記載しておいたのが良かったらしい。

反対の声が大きくなることもなく、そのまま受理されて受け入れ準備が着々と進み始めたというわけだ。とはいえ時間はそれなりにかかってしまう。

それまでルピアは領地で静養し、引っ越しやらの準備をしようということで、話が進んでいた。

「そなたの妻は……確か……」

「クア王国の元王女です。おや、もしやお忘れでしたか？　我々は、移住後、仕事ができて、家族で平和に過ごせればそれだけでいい」

「だ、だがそなたらが出ていけば、カルモンド家の一門も全て！」

「出ていくかどうかを決めるのはわたしではなく、当家の親族たちですので」

ここを去るまではきちんと仕事をしますよ、と付け加えた後、声のトーンを変えてアリステリオスは続けた。

「……そうそう、王太子殿下と王太子妃殿下を、しっかり止めておいてくださいね？　言いつけを破って我が家にやってくるならば、それ相応の対応をさせていただきます。ええ、当家を襲撃した男爵家たちのように、ね」

公爵家を襲撃したあの二つの男爵家は、容赦なく潰した。どうやっても再興などできないほどに徹底的に。アリステリオスは、一切の手加減をしなかった。

それに、とアリステリオスは言葉を続けていく。

「最初に当家が不要とでも言うような対応をしたのは、貴方がただ。それを、お忘れなきよう」

国王に背を向け、アリステリオスは退室した。

残るは、何も言い返せずに事実を受け入れることしかできない国王。

「……すべて、間違って、いたのか？」

その呟きを拾うものは居なかったし、是か否か、答えてくれるものも居なかった。


アリステリオスが国王と対話していた頃、じわり、と体内の魔力の巡りが良くなってきたのをルピアは感じていた。

記憶を消去したことで体にずしりとのしかかっていた後遺症のようなものが、ようやく楽になってきた。

記憶消去の魔法は、言葉の通り、自身の記憶を消去するというもの。これまでの経験の積み重ねを一冊の本に例えるならば、記されたページを燃やし、灰となった不要な記憶を掃き出すことで自分の中から消し去る。

実際にルピアの吐き出したどす黒い血液のようなものが、『記憶の灰』と呼ばれるもの。あの場にいたもの全てがこう証言している。『人生で見ることがないものだと思っていたが、まさか見てしまうなんて』と。

ルピア自身もそう思っていた。あれを吐き出している間、胸焼けなどによる嘔吐とは違った気持ち悪さに襲われ続けていた。だが、吐ききってしまえば、もとい、すべて焼き捨ててしまえば驚くほどスッキリした心地になったのだ。

「やっと……鍛錬も再開できますわね」

ふふ、と楽しげに笑いながら、ルピアは自室で軽いストレッチを行う。ぼんやりとした感覚も、気持ち悪さも、もう無い。

ヴェルネラは、引き続き公爵家に滞在しており、ルパートやルピアとの交流を楽しんでいる。更に、領地へ行くための荷造りは着々と進んでいるし、母の祖国への移住の計画も、併せて進んでいる。

今後についてどうするのか、親族一同を集めて会議をするようで、ルピアもルパートも出席するようにと、アリステリオスから言われている。

「さて、長距離移動に慣れるために少し鍛錬しなければ。怠けすぎましたわ」

鍛錬をしようとした矢先、ルパートとヴェルネラからお小言が飛んできた。

「姉さん、まだそんなに思いきりやっちゃいけないよ？」

「分かっております。ルパートは心配性ね」

「お義姉様は、無茶を無茶と思わないから、ルパートが心配しているんです！」

「ヴェルネラまで……」

もう、と少しだけ拗ねたようにするルピアは、実家だからこそ気を抜いている。

先日の男爵家のバカ息子二人が突撃してきた際に対応しきれなかった騎士達は、皆その職を失ったようだ。アリステリオスの烈火の如《ごと》き怒りと、ミリエールの『公爵家を守れない騎士など不要』というひと言で、彼らは去っていった、とルピアは聞いた。

あれが暗殺者だったならば、ルピアやヴェルネラの生命がどうなっていたのか、というひと言で、不満を零しかけた彼らの目はしかと覚めて、解雇を受け入れたらしい。

ヴェルネラも自分を守るための体術こそ身につけてはいるが、成人男性が複数人で来てしまっては、危ういかもしれない。

危機に直面した時に咄嗟《とっさ》に判断できるのか？　と問われれば、いかに鍛錬していようとも、一瞬の隙が生じてしまう可能性だってある。今回はたまたま無事だったようなものだ。

それ以降、残った騎士たちは緩んでいた気を一気に引き締めて日々の業務に取り組むようになっているが、それは当たり前に行わなければいけないもの。

将来的にはルピアが彼らを率いていかねばならない。そのためには不要な情けなど捨てねばならぬ。

父であり、公爵家当主であり、騎士たちを率いているアリステリオスは、確《しっか》りとルピアに言い聞かせた上で、今後少しずつ騎士たちの鍛錬へと参加するように申し付けたのだ。

「無茶はしたくないけれど、当主のお父様が割と無茶をする方だもの。娘のわたくしがそうなっても仕方ないでしょう？」

「それはそれ、これはこれですわ、お義姉様！」

駄目か、と非常に小さな声で呟いたのをヴェルネラは聞き逃さなかったが、こうしてルピアの茶目っ気のある様子を見られるのは、紛れもなく彼女が心を許してくれているから。

記憶消去を行って大変な思いはしたけれど、それでも以前の日常が戻ってきているのを感じられる。王太子妃と王太子が公爵家に《こ》やっ《こ》てくるかもしれないというもやもやはあるが、今のルピアならば問題なくあのお花畑二人組にも対応できるだろう、そう思えた。

◇◇◇◇◇◇◇◇

「どうしてですか！　ルピアのお見舞いに何故行けないのですか！　いいえ、お見舞いだけでなく、男爵家のご子息お二人を可哀想《かわいそう》な目に遭わせるだなんて！」

「ファルティ、少し黙ってくれないか」

「……っ」

いつもより遥《はる》かに冷たいリアムの声。

じっと報告書を読んでいる彼を見つめるファルティは、学生時代と打って変わって、何もかもがうまくいかずに焦り始めていた。

学生時代は神《システム》の意志が何もかもを助けてくれていた。

自分は選ばれた人間なんだ、そう思っていたから、しっかりした自信もあった。だからこそ最難関の大団円エンディングを迎えているのに、そう思っている彼女は、まだ気付かないし、気付けていない。

王太子妃教育が未だ始まらないことで、自分が王太子妃として認められていないのでは、という焦りに加え、しかるべき教育を受けていなければ、今後何かあった時に自分は王太子妃ではいられなくなるのではという不安を感じて、ファルティはイラついていた。

ファルティは公爵令嬢であるルピアよりも学院での成績が優秀で、他の生徒からの信頼も厚かった。ルピアの周りにいたのはほんの一部の生徒だけ。ファルティの周りには、ルピアよりも多くの人が笑顔でいてくれていたのだ。

「……私、部屋に戻るわ」

「そうしてくれ。俺は、君ができない分の書類の処理をせねばならない」

カッとなりかけるが、王太子妃教育が始まっていないのは事実。故に、まだファルティは公務ができない。

ファルティの王太子妃教育を、王妃も国王も方々に依頼しているのだが、かつてルピアの王太子妃教育係を務めた女性たちは皆口を揃えて、こう告げたという。

『ルピア様より優秀だとご自身で仰《おっしゃ》るのであれば、我らからの教育など必要ないでしょうに』

――言った。何度も言った。

だが、ファルティはまさか自分の言葉がこんな事態を引き起こすとは予想もしていなかった。ルピアよりも優秀であると言えば、『まぁ、なんと素晴らしき宣言なのでしょう！　こちらも頑張らねば！』という反応が返ってくるとばかり思っていたのだが、相手は所謂『高位貴族』のご夫人なのである。

由緒正しき家柄の老夫人はファルティの天真爛漫《てんしんらんまん》ぶりがどうしても我慢ならなかった。学生の間であれば、問題なかったが、もう学生ではないということを理解せねばならない。

それに加えて、もうファルティには神の意志《システム》がついていないのだ。このままの態度でいてはいけないと気付いたのは、王太子妃教育を依頼した教育係からの断りが、かれこれ五人続いた頃だった。

自室に戻りながら必死に考える。どうすれば彼女らは自分の教育に力を注いでくれるのだろうか、と。時すでに遅し、ということにも何とか気付けたが、ここからどう巻き返せばいいのか、それだけがファルティの思考回路をぐるぐると巡っていく。

「……まだ、見られるはず」

ファルティは部屋に戻り、震える手を押さえながら意識を集中させた。

「【ステータスオープン】」

声までも震えそうになっているけれど、躊躇などできなかった。神の意志《システム》によればゲームは終了したそうだが、終わったとしてもこのかけ言葉だけは何故かまだ使えるようだった。

ぱっ、と表示された見慣れたウィンドウ。

注意深く、改めて隅から隅まで眺めて、ファルティはようやく気付けた。

「大団円じゃ、ない……⁉」

がたがたと震えるも、ファルティはこれでようやく納得がいった。

「全部、うまくいってたはずだったのに？」

ウィンドウの下に表示されている文字。

『王妃ルート、達成』と書かれているそれを、ファルティはただ呆然《ぼうぜん》と見つめ続けていた。

「どこよ……。どこで私は、何を間違えたっていうのよ……」

認めたくなかった。

あんなに学生時代必死に勉強して、人間関係もしっかり構築した。

なのにどうして、どこで失敗したのか。

言われた通りに行動し、無駄を徹底的になくして色々な人が望んでいるような、立派な令嬢として生きてきたあの一年半を、どうしてくれるのだとファルティは泣きたくなってしまった。

更に彼女は気付いていない。

神の意志《システム》の声があったからこそ、何もかもがうまくいっていたことに。

それがまるで無駄になってしまったような感覚に、今、ファルティは襲われ続けていた。

「あ、あぁ……」

黒歴史とも言えるここ何ヵ月かの自分の行動も相まって、ファルティは何をどうすればいいのか分からなくなってきていた。

「やり直しなんか利くわけがない。なら……今からでもまだ、神の意志《システム》に手伝って……もらえるわけはない、だろうし……お見舞いじゃなくて、ちゃんとルピアに話を聞かないと……」

――しかし、ファルティの思いとは裏腹に、悪いことは立て続けに起こる。


これまで王太子妃教育を担当してきた、歴代の教育係全てから断られた、と王妃から冷たい声で報告を受けたファルティは、頭から氷水をかけられたような感覚に陥った。

『あまりに身勝手な理由で婚約解消と王太子妃交代を告げた王家の人間など、もう二度と、金輪際教育したくない。教育係に会って早々の台詞も酷すぎる。挨拶もできないのか、社交界から追い出されようとも嫌だ、無理に押し付けようものなら自害する』

それほどまでに、拒絶をしてきたのだ。

王妃はその返事の内容を聞いて、床に頽《くずお》れた。カサンドラはルピアの教育係をしてくれていたのだが、今代の、他の王太子妃候補の令嬢たちも教育していた。

カサンドラの求めるレベルがあまりに高く、令嬢達は『不適格』だと次々に脱落していったのだが、残った令嬢も少ないながらいる。その中で、桁違いに優れていたのがルピアだった。

そのルピアを、王家はあっさりと捨てた。更に、ルピアに万が一があってはいけないから、と教育を続けていた他の王太子妃候補達をも、まとめて王家は捨てたのだ。

元候補の令嬢達は、ルピアほど教育が進んでいなかったので、人によっては王宮の高位侍女として働くことを望んだり、カサンドラのように教育係として生きていきたいと願うものも居た。皆、王太子妃教育で得られた知識を、経験を利用し、それぞれの道へと進んでいった。

かつて教育係をしてきた夫人達も、ファルティの台詞を聞いて『我らは必要ありますまい』と、皆揃って笑いながら断ってきた。

学生時代ならまだしも、今、『わたくし、ルピアに負けないくらいの王太子妃になれる自信があります！』などと言うとは、国王夫妻も、王太子リアムですら想像していなかった。

ルピアを退けて王太子妃として認められたのだから、どれくらい優秀かを示したかったらしいが、ファルティの発言はあまりに悪手。

国の重鎮達にも『浅慮すぎたのではありませんかな』と会議で冷ややかに指摘を受けてしまった、というのは国王談。

「……もう、わたくしが教育します」

王妃自身が受けてきた王太子妃教育の記憶をたどり、何をしなければならないのか、実地で叩き込む。王太子であるリアムと結婚したからには、もう後戻りなどできないのだから、ファルティは王妃教育も同時進行で進めていかねばならない。

できるできない、ではない。

やるしかないのだ。

国王と王妃が話し合って、早々に出した結論に、ファルティは頷くしかなかった。

そして、初めて会った頃より遥かに鋭い王妃の目に、思わず逃げだしそうになりながらも、ファルティは口を開く。

「あ、の……いつから始まるのでしょうか」

「今から、始めます」

「え？」

「よろしいですか。王族の一員として貴女はここにいるのです。今までとは違う、王族としてのマナーを身につける必要があるのですよ」

「……っ」

ひと息おいて、王妃は淡々と告げる。

「自覚なさい。もう、学生ではないのですから」

ファルティはそれを聞いて、更に全身が冷えたような感覚になってしまう。

『学生ではない』という台詞が、何だか恐ろしくもある、不可解な感覚。

もう既に学院は卒業しているのだから当たり前なのだが、今更実感した、とでもいうべきか。しかしまだ『どうにかなる』と高を括《くく》っていたのも事実だ。

「……あの……」

ファルティが何かを言おうとするが、王妃はファルティの言葉を聞かず、更に続けていく。

「向上心、大いに結構。ですが」

迫力しかない王妃の目線。

これまでとても優しく接してくれていたのに、どうしてこんなにも責められるのだろうかとファルティは思ってしまっていた。

『わたくし、ルピアに負けないくらいの王太子妃になれる自信があります！』という、あの言葉。ファルティには、本当に他意はなかったのだが、ルピアの事を舐めているという意識もなかっただけに、あまりに質《たち》が悪すぎた。

「貴女の言葉で、これまで王太子妃教育を担当してくれていた方々は悉《ことごと》く断りを入れてきました。理由はわかりますか」

「え？　あ、いえ……」

「貴女は、幼い頃から色々なものを我慢していくれていたカルモンド公爵令嬢の想いも何もかもを踏みにじったのです」

「わ、私そんなつもりは！」

「自分に自信があるのは大変よろしいことね。でも、それをわざわざ言う必要がどこにあるの」

「それは……」

学生時代であれば、ファルティがそう言えば『すごい！』と言ってもらえた。だがもうここは学院ではない。ファルティの立場も状況も何もかもが異なっている。

「それと、貴女にはこの国の言語のほか、五ヵ国語は話せるようになっていただかねば困ります」

「……!?」

「何を驚いているの。カルモンド公爵令嬢は話せておりましたよ。話す、ということ以外に読み書きも普通にできておりました」

ファルティは、王妃の言葉に愕然とした。

学院の成績だけ見て、特待生である自分がいかに優秀なのかと、完全に驕《おご》っていた。

今までの努力の質も、量も、ルピアがいかに桁外れなのかを改めて思い知らされるのと同時に、とてつもなくルピアに失礼なことをしているとも思い知った。

「……」

ファルティの背中を、嫌な汗が伝う。

「できない、などとは申しませんね？　貴女は、優秀なのでしょう」

「……やり、ます」

だがそれでも、ここまでやってきたからには自分の実力は確実についている。やれない、とは言えるはずもなく、ファルティは真っ直ぐ王妃を見据え、頷いた。

「よろしい。ではマナー授業の実践を兼ねて、今後の食事とお茶の時間は、全てわたくしと共に行います。リアム、貴方は王太子妃が処理せねばならない書類を仕分けなさい。わたくしがファルティにやらせます」

「承知いたしました、母上」

「陛下、よろしいですわね」

「……う、む」

「カルモンド公爵令嬢に対しての我らの非礼を償うためにも、貴女にはとてつもない速度で様々なことを習得してもらわねばなりません。そう、何もかもを」

無意識に、ファルティの手が震えた。だが、これを招いたのは誰なのか？

他でもない、ファルティとリアム自身。

ファルティも、ステータス画面で確認して、何かを失敗、もしくは見逃してしまったからこその今のエンディングだということは嫌でも理解した。

だが、心の中では諦めてはいなかった。何が悪いのかをどうにかして分析してから、取り返せるものは取り返してやろうという、身勝手かもしれないけれど、とても強い思い。

なお、ファルティが失敗したのは、たった一つ。

ルピアの双子の弟を、ルピア自身が紹介してくれていないということ。これはルピアの好感度が最大値になっていなければ起こらないイベントである。

システムに乗っ取られているような状態で、意識がはっきりしていないルピアは、抗《あらが》ってやろうとは思っていなかったし、そんなことを思う余裕もなかった。

ルピアの好感度が不足していたせいでイベントが起こらなかった。しかし、好感度が足りていないことも、イベントが起こらなかったことにも気付かなかったのは、ファルティ自身。

たった一度。されど一度。

それを発生させないと、達成できない最難関エンディング、それが『大団円エンド』なのである。

もうファルティは『王妃エンド』に達してしまったので、叶う筈のない願い。取り戻そうとしても時間が巻き戻る奇跡でも起きない限りは不可能。

ファルティは歯を食いしばり、朝食の席から開始されたプレッシャーに耐えた。

「これが……ずっと、続くの……？」

一度ではない。これが、始まり。

ファルティが選んだ結果であり、『エンディング』でもある。

始まってしまった『現実』の厳しさを、いよいよ思い知らされたのである。

◇◇◇◇◇◇◇◇◇

《彼女は、見逃した》
《あれだけヒントをあげていたのに》
《いつになったら、誰が大団円エンドを迎えられるというのか》
《さぁ、『次』を『設定』しよう》
《できるまで、やるだけだ》

機械のような音声が複数展開され、あちこちで、声が響く。

全てのエンディングを達成するまで繰り返される。それが、遊戯《ゲーム》なのだ。巻き込まれる側はたまったものではないが、欲にまみれた者は、巻き込まれているという事実に気付かないままに、突き進んでいくのだ。

第三章　準備完了

「ルピアお嬢様の荷物はこれで全てか？」

「お待ちください、後もう一つございます！」

「ルパート様のお荷物は！」

「こちらにご用意完了しております！」

ドタバタと侍女や執事などの使用人が、荷造りしたものを馬車へと次々に積み込んでいく。カルモンド家の領地に向かった後、母ミリエールの祖国であるクア王国に移り住むための荷造りでもある。学院を卒業するまで住んでいたここには、戻ってくることはないだろう。

ルピアがこのタウンハウスに住んでいたのは、王都にあるこの屋敷《やしき》が学院に近いからという理由もあった。

しかし卒業した今となってはその必要もなく、むしろこの屋敷を離れて領地に行くことで王都内の面倒臭い連中から物理的な距離を取れるというメリットもある。ここにいると『王太子殿下と、現・王太子妃殿下の真実の愛に敗れた哀れな令嬢』扱いをされてしまう。

何だか癪《しゃく》だし、何よりあの二人から物理的な距離を取らねばならない。先日カルモンド家を襲撃してきた馬鹿二人に関しては、アリステリオスやミリエールが容赦なく、更にはアルチオーニ家も加わりトドメを刺した、と聞いている。彼らにではない、彼らの『家』に対してだ。

来るな、と言っていたのに親である両男爵が謝りに来たが、勿論《もちろん》カルモンド家の門番は謝りに来た者たちを、もれなく門前払いした。

彼らは相当慌てて来たらしいが、謝るくらいなら最初から人様に迷惑をかけるような息子に育てるな、と後に面会が叶《かな》ったアリステリオスから一蹴された。一縷《いちる》の望みを、という思考からの行動かもしれないが、遅すぎたのだ。

つまり、王都を離れることでこういった面倒な連中の襲撃を受けることもなくなるし、謝罪に来られることもなくなるというわけだ。

『この国の貴族は、こちらの言うことを理解出来る脳みそが無いのかもしれない……』と、アリステリオスが心底疲れたように呟《つぶや》いていたが、国王も似たようなことをしているので、アリステリオスの想像は、あながち間違いではないのかもしれない。

ルピアはそれを聞きながら『もしかして、あのシステムとやらが何かしら影響しているのかも……？』と思いはした。それはルパートやヴェルネラも同じだったようで、三人で顔を見合わせてしまった。

ルピアとルパートの荷物の積み込みが完了し、いよいよ明日の朝から少し長い旅路が始まる。

ルピアの静養先に関して、『王都ではない』とアリステリオスは国王に伝えている。更に、『娘がこのまま王都にいると心無い言葉に傷付いてしまいかねない』と告げ、次いで、『疲れている娘を労《いた》わってやりたいから、そっとしておいてください』と、国王夫妻と王太子夫妻に遠慮なく釘《くぎ》を刺したのだ。

ここまで言ってもなお関わってくるようなら、脳みそが詰まっていない、もしくは人の話を聞く耳を持っていないと判断せざるを得ない。

ルピアが将来のことを考え、基礎的な鍛錬を再開して勤《いそ》しんでいる間、父も母も、双子の弟であるルパートも、色々な方面に働きかけてくれた。ルパートの婚約者であるヴェルネラも、各方面に手を回して力になってくれている。

一人ではなくて、良かった。ルピアは心の中で言う。

さて、既に荷物の積み込みは終わり、出発は明日。それならば鍛錬でもしよう、と決めて中庭へと向かう。

この屋敷での最後の鍛錬か、と思うと少しだけ感慨深い。そう思っていると、中庭で先に鍛錬を行っていた護衛騎士のアルフレッドの姿を見つけ、邪魔をしないように近づいて行った。

ルピアの姿が視界に入り、アルフレッドは一旦、動きを止める。

「アルフ」

素振りを止めたアルフレッドは、汗を拭いながらルピアの声に応える。

「お嬢様、これから鍛錬ですか？」

「ええ。室内だとできる動きも限られているでしょう？」

あの男爵子息達の襲撃時は、アリステリオスの命で遣いに出ていたせいで、アルフレッドはルピアを守れず、それを悔やんでいた。ルピアが『お父様、娘の護衛を勝手にお遣いなどにやらないでくださいまし!!』と烈火の如《ごと》く怒ったのは言うまでもなく、ミリエールにも『何を考えているんですか、お馬鹿なんですから!!』とアリステリオスはこっぴどく叱られた。

『肝心な時にいない護衛など何が護衛か！』と、愛娘《まなむすめ》と愛妻から怒鳴られ、アリステリオスがしょんぼりしていたところに『いや父上、言われて当たり前のことしてるからさぁ』とルパートに、ヴェルネラにも、『おじさま……よろしくない選択ですわ……』と更なる追い打ちを食らったアリステリオスは、身内以外では見ることが叶わないくらいに、肩を落とした。

まさか、あんなにも偶然が重なるか？　と言わんばかりのタイミングの悪さに、ルピアも何かしらあるのではと勘ぐったりしたものの、単にタイミングが悪すぎたということで、一応納得した。あくまでも、一応、である。

これまでもアルフレッドを遣いとして貸したことはあったものの、このようなことは起こらなかったが故の軽率な行動だったろうが、王太子夫妻の結婚式から色々あり過ぎてしまっているので、用心し過ぎるに越したことはない。改めてカルモンド公爵家、使用人を含めた一同は全員で認識を一致させた。

そしてアルフレッドは、改めてルピアに対して頭を深く下げた。

「お嬢様をお守りできず、申し訳ございませんでした」

「いくらお父様の命とはいえ、貴方《あなた》もきちんと断りなさい。自分が誰の護衛なのか理解していないなら、即、護衛を替えますけれど」

「いえ。公爵閣下のご命令とはいえ、わたしは従うべきではありませんでした」

「理解しているのならば、まぁ良《い》いわ。……本当は、何も良くないけれど……わたくしは、それでも貴方を信じているの」

矛盾しているわね、と笑いながらルピアは手にした細身の木剣を構える。

そしてふと、ルピアはアルフレッドに問いかけるべく口を開いた。

「アルフ、貴方ならどう思う?」

ひゅ、と鋭い音を立てて振り下ろされる木剣。動きに一切の無駄はなく、ルピアの視線はまっすぐ前を見ている。

「自分の意識が、知らないうちに誰とも分からぬ輩《やから》に乗っ取られ、その間に来るべきだった未来が奪われる……ということ」

誰に、どうやって起きていたかは明言せず、ルピアはアルフレッドに問いかけた。

「けれど、奪われた未来よりも……自分がやりたかった目標の未来が、これからやって来るの。……ねぇ、アルフはどう思う?」

問いかけながら、ルピアは幾度か素振りをし、すぅ、と構えを変えた。

次いで、ルピアは剣の教師から習った型を、一から順にこなしていく。声には出さず、いち、に、と数えられるような一定のリズム。狂うことのないリズムなので、見ていて飽きない。ずっと目を奪われてしまう。

武闘は舞踏にも通ずる部分がある、とは誰が言ったのだろうか。そう思いながらアルフレッドはルピアの動きをじっと見ていた。

そして、ふと我に返り問いかけに答える。

「わたしならば、恐らく奪われた未来の事を憂うでしょう」

「……そう」

「ですが、本来やりたかったはずの、目標としていた未来が奪われていないのであれば、なるべく早くに気持ちを切り替えます。失われた時は戻りません。憂う時間がもったいないかと」

「……そうね」

欲しかった答えだ、と思って、ふふ、とルピアは笑う。

アルフレッドも心配していたのだ。己の主《あるじ》が、何やら濁ったような奇妙な目で、何を聞かれても人形のようにしか動かず、答えず。

公爵令嬢としてあるまじき姿であるにもかかわらず、何故《なぜ》だか周りはそれを当たり前に受け入れていた。勿論、アルフレッド自身も、どうしてか当たり前にルピアのその様子を受け入れていた。

心配な気持ちと、『別に大丈夫』という、相反した気持ち悪い想《おも》い。

それがなくなったのは、あの日。

王太子と王太子妃の結婚式があり、祝いの言葉を男爵令息達に強要されていたルピアの姿を見て、アルフレッドの中で何かが弾《はじ》けようとしていた。

彼が動こうとしたまさにその時、ルピアの目に一気に力が戻ってきた。その瞬間、アルフレッドも一気に我に返る。そもそも正気を失っていたわけではないのだが、表現として『正気に戻った』というのが一番しっくりくる。

ルピアの目に光が、力が戻り、アルフレッドのことを、ルピア自身の意思で呼んでくれた。『あぁ、以前のお嬢様だ』と安心したけれど、その後ルピアは嘔吐《おうと》し、倒れ、そして静養することを決めるに至った。

今こうして、剣を振るうまでに回復したことが嬉《うれ》しく、アルフレッドは心底ほっとしたのだが、従者は、感情を分かりやすく表情に出してはならぬ。そうやって己に言い聞かせ続けてきたおかげで、あの日は緩みそうな表情を隠しながら、急いで公爵夫妻に知らせつつ馬車の手配をした。

アリステリオスに抱き抱えられ、ルピアはとても恥ずかしがっていたが、ルピアの顔色は悪かったし、父としてアリステリオスが取った行動は何らおかしくない。

これを見た貴族や王家の人間は相当驚いたというが、これが普通。ルピアが恥ずかしがったのは、『いい歳《とし》をして抱っこされて移動なんて。人目があったから余計に』ということ。

王族、貴族の間では、カルモンド公爵家の親子関係は冷えきっている、という認識のようだが、それはとんでもない間違いだ。

跡取りであるルピアを守るため、いや、ルピアでなくこれがルパートだったとしても、アリステリオスもミリエールも、そしてルピアだって同じ行動を取っただろう。

カルモンド公爵家、そして分家も揃《そろ》って、表には出さなくとも家族仲と親族仲はとても良い。悟られないようにしているからこそ、今回の行動の速さにも繋《つな》がった訳だが。

そこまで考えて、アルフレッドは鍛錬を続けるルピアへと声をかけた。

「お嬢様、明日のこともありますし、体力を残しておくためにも、あまり動きすぎないよう」

「はいはい。……これまでゆっくりしていたのだから、動かないと体が鈍ってしまって仕方ないんだもの」

「お気持ちは分かりますが、カルモンド領に向かわれてからでもよろしいかと」

体の調子が戻れば動かしたくなるのは理解しているので、アルフレッドはあまり口酸っぱくなりすぎないようにしておいた。

「……分かったわよ」

ひと通り型の動きをこなしたかったのに、とボヤくルピアだが、アルフレッドの言うことも一理ある。

疲れが残った状態で馬車に乗るよりは、きちんと眠って万全の状態の方が、勿論良いに決まっている。

ルピアに何が起こっていたのかは、まだまだ分からないことが多すぎるが、噂《うわさ》が届いてきて五月蝿《うるさ》い王都にいるよりも、領地に移動してしまった方が、落ち着いて考えることができるだろう。ファルティやリアムも、そう容易には手紙を送ってもこられないだろうと考えてから、ルピアはアルフレッドと並び、屋敷へと歩いていったのであった。

平和な時間が流れているカルモンド家に対し、王宮内の空気はどこまでもひりついていた。

パシン！　と高い音がしてファルティの手の甲が扇子で打たれた。

痛い、などと声をあげてはいけない。声をあげてはいけないのだが、ファルティはそんな痛みに慣れているわけもなく、つい声が出てしまった。

「い、っ……た！」

「……打たれても声をあげない。表情に出さない、ということくらい、幼かったルピア嬢にだって出来ていましたよ。……学院を卒業した貴女《あなた》に、どうしてこの程度ができないのかしら……」

冷えきった王妃の声。

最初は、ファルティは間違いなく歓迎されていたのだ。だが、王家が失ったものを、皆がようやく理解してきたことで状況が変わりつつあった。

カルモンド公爵家の後ろ盾を無くした王太子が、王太子であり続けるために何が必要なのかを聞かされたファルティは目眩《めまい》がしそうになった。

実家がとんでもない功績を上げて陞爵《しょうしゃく》されれば、後ろ盾のための家柄としてはまず十分、と言われたものの、実家がそうできるかと問われれば答えは『現時点では否』であった。

ファルティの家は、王太子妃の家柄としてはギリギリ及第点とされる伯爵家。

なら、次は何をどうすれば、となるのだが『ファルティ自身がとてつもなく王太子妃としても優れている』ことを、自国の貴族、平民だけではなく、他国も含めた目に見えて大勢の人々にも知らしめなければならない。

「申し訳、ございません」

間違いをする度に、手を打たれる。痛い。辛《つら》い。苦しい。愛されたくて、でもファルティは自分の思いが最優先で、野心を出して大団円エンドを目指してやろうと思ったら一つ取りこぼして、『王妃エンド』になった。

『王妃エンド』は、王太子妃となった主人公《ヒロイン》が、ゆくゆくは王妃となることが確定しているルート。ライバル令嬢がどうなったかはファルティも知らなかったけれど、ずっと一緒にいてくれるのだ、と勝手に思っていた。

ファルティの思い込みの結果、現実はそんなに甘くも優しくもない、と今こうして思い知らされているわけなのだが。

ちなみに、ファルティは『毎回ルピアと比べるな！』と抗議をしたこともある。

しかし、返ってきたのは『ねぇ、ファルティさん。貴女は、自分がルピア嬢よりも優れていると、わたくしと陛下の前、そしてリアムの前で言ったでしょう？　ならば、幼いルピア嬢が出来ていたのにと比較されても仕方ないのではないかしらね？』と、淡々とした答え。

ブーメランのように、幾度も返ってきてしまう己の失言。主人公《ヒロイン》ではあったが、一人の『伯爵令嬢』であることも忘れてはいけないのだと、声に出さなくとも言い聞かせられ続けているようで、ファルティは泣きたくなってしまった。

じわり、とファルティの目に涙が浮かんだが、王妃は大して気にもせず、溜息《ためいき》交じりにこう言った。

「泣く暇があるならば、所作を身に付けていただける？　他国の言語や文化を学ぶように、ね」

知識を詰め込んで、自分のものにするのが、ファルティはとても得意だった。

主人公《ヒロイン》に選ばれる前から、勉強は抜きん出て出来たために、それだけは褒められたのだ。

だが、王家の一員として身に付けなければならない所作は、知識ではない。付け焼き刃では見抜かれてしまう、動作全般の美しさを問われるもの。

「努力いたします……」

「努力をすることは当たり前。言うだけなら幼子にもできるわ」

「…………っ！」

態度と言葉の端々から感じられてしまう、『お前は所詮、そんなものか』という、王妃の気持ち。

彼女なら、……ルピアならば、ファルティにとっては悪夢のようなこの状況ですら、どうにかしたのだろうかと、ここ最近はそればかり考えてしまう。

今更『もしも』を想像しても仕方ないけれど、想像したくもなってしまうのだ。逃げ出すことなどできないと、理解しているつもりだったのだ。

ファルティは、王太子妃教育を進めながら、ルピア＝カルモンドについて、改めて思い返していた。

銀色の艶《つや》やかな髪は背中の中ほどまであり、普段は緩く巻かれて下ろしている。前髪はちょうど目にかかるかかからないか、というくらいの長さ。一分の隙も無く手入れされている髪は、夜会の時はきちんとまとめてアップにしている。

身につけるアクセサリーは、自身の瞳の色である濃紺のサファイア。家族や親戚から贈られたものが圧倒的に多く、持つ雰囲気も相まって、まるでルピアのために作られたような装飾品ばかりだった。

身に纏《まと》うドレスは華美なものは少なく、いたってシンプルなデザインで、スラリとした長身を包み込み体のラインを綺麗《きれい》に見せるようなもの。

少しつり上がった目は、意志の強さを示しており、まつげは長く、上を向いている。つり目のために冷たい印象を与えるが、親しくなった人や身内に対しては、とても柔らかな態度で接する。

そんな彼女が王家からの要請でリアムと婚約を結んだ時、あまり知られていないが色々とあった、とファルティは聞いている。ことの詳細は分からないけれど、そこそこ大変だったようだ。

——では、かつて何があったか。カルモンド家に深く関わっていないと知らない、まさにトップシークレットともいえること。

まず、リアムの婚約者として指名された幼いルピアは、それはそれはとてつもない勢いで絶望し、顔面蒼白《そうはく》になり、そして大声で泣《な》き喚《わめ》いたのだ。嫌だ、やめて、悪い夢なら覚めてちょうだい！　そう言いながら、ルピアは自室に移動し、盛大に暴れた。

壁紙はボロボロになり、枕からは羽毛が飛び散り、クッションからは綿が覗《のぞ》くほど。

言っても信じてもらえないから言わない、というのはアリステリオスの談なのだが、当時を知るルパートはひと言、こう呟いた。


『……あんな姉さん、見たことない』


ルパートも幼かったけれど、尊敬できる姉が、あそこまで取り乱し、泣き喚いている姿は見たことがなく、それほどまでに拒絶することなのか、と呆然《ぼうぜん》とした記憶がある。

完璧な淑女たれ、そう言われて育てられたルピアが制止も聞かずに泣き喚き、暴れ、泣き疲れて、体力を使い果たし、くたりとして眠りについたそうだ。

公爵家の跡取りとして、体力作りもしていたルピアは、同い年の女子や男子と比べて体力があったし、何より、元気であった。

カルモンド公爵家が担っているのは国の防衛。幼い頃から基礎体力をしっかりと付けつつも、体を作りこみすぎないように成長に合わせた育成メニューを組んでいたのだが、それが災いしたとでも言うべきか。

ずたぼろになったルピアの部屋と、泣き疲れて眠る幼いルピア。まずい、と察したアリステリオスは我が子の精神的なケアを優先すべく婚約をどうにかして断らねば、と思った。だが、目が覚めたルピアは告げたのだ。

『いつか、もしもその日が来たらわたしを当主にしてください。それまでは、どちらの道も捨てず、諦めず、どれだけ辛くともやり遂げますから』

『……ルピア……』

アリステリオスは慌てていたが、ルピアは幼子にしては淡々と、ゆっくりと、言葉を続けた。

『リアム様が、わたしを受け入れてくれて、この婚約の意味を理解して結婚する日が訪れれば、わたしは王妃でもなんでもなりましょう。けれど、そうでなければ……』

『公爵家当主の道を選ぶと、そう言うか？』

『はい』

とんでもない癇癪《かんしゃく》を起こしたとは思えない、ルピアの冷静な言葉。

これを言ったのがまだ十歳にもなっていない子供。

目を真っ赤に腫らしていて、泣いて体力も消耗しているだろうに、父親であり公爵家当主であるアリステリオスを前にしてはっきり言い切ったのだ。

我が子の決意に水を差したいわけではないが、アリステリオスは厳しい表情で、続ける。

『辛いぞ』

『逃げないわ、わたし。……いいえ、逃げませんわ、わたくし』

『……よくぞ言い切った、我が娘』

アリステリオスが大きな掌《てのひら》で、ルピアの頭をわしわしと撫《な》でてやれば、娘からは『わぁ』と驚いた声が聞こえてくる。

この日以降、ルピアは歯を食いしばって色々な事に耐えてきた。

ルピア付きの侍女のリシエルや護衛のアルフレッドは、陰ながらルピアを支え続けてきた。

疲れてソファで眠る姿を見つけたらベッドに運んだり、勉強中に眠そうにしていたら、苦くて目が覚めるようなお茶を差し入れたり。怪我《けが》をすれば早く治るようにと、塗り薬や貼り薬、痛み止めを揃え、治癒術士の手配も行った。

周りに支えられ、異例の教育プログラムを必死にこなしてきたルピアを、公爵家の人間が慕っていないわけはない。親戚一同もそうだ。

最初こそ『できるわけがない』とルピアを馬鹿にする声も親族の一部から上がっていたのだが、努力を積み重ね続け、休むことなく必死に食らいついている姿を見て、そんな声は減っていった。

それどころか応援する人の方が多くなってきた。

故に、今回の件で親戚一同の怒りも爆発することとなったのだ。

王家への不満、王太子ならびに王太子妃への不満も膨れ上がることとなったばかりか、カルモンド公爵家本家が他国へ移住しようとしている話を知らせる前にどこからともなく聞きつけた親戚や分家の一族たちは、我も我もと共に移住を決意しているとか何とか。

領地はどうする？　ということについては、何ともまぁこれ幸いとでも言うべきか。カルモンド家全体が担っているのが国の防衛ということもあり、領地が割と隣国寄りに配置されていた。


――そう、移住先であるクア王国の隣に。


ミリエールがアリステリオスに嫁ぐ際、『隣国であるから』ということが決め手だったといっても過言ではない。

隣なので行き来は不自由しない。

勿論、外国への移動なので許可証は必要なのだが、もういっそ領地ごとクア王国へ移るかどうかについても話し合いが着々と為《な》され、そして領民にも御触《おふ》れが出された。

王都に住んでいない領民は、今回の件の詳細を知らなかった。知らされた後、当前王家への不満が噴出した。

ルピアはカルモンド家の領地で幼い時期を過ごしていたし、長期休暇には領地へ顔を出して領地経営に加えて国の防衛に関する勉強をしていたこともカルモンド領の領民は知っている。

今回の件での静養で領地に滞在すると聞いた領民が、諸手《もろて》を挙げて歓迎していると聞いて、ルピアは胸を撫でおろしていた。

王都に居ては、どこからともなく『王太子と王太子妃の奇跡のラブロマンス』が聞こえてくるし、ルピアに対しては『王太子殿下を支えられなかった哀れな元婚約者』と嘲笑《あざわら》う声が多いのだ。

ならば、もういいのだと、カルモンド家は国そのものを見限ることに決めた。

カルモンド公爵一族から見放されたことと、これからやってくるであろう決して明るくない国の未来に気付いている者は、果たしてどれほど存在するのだろうか。誰に文句を言われようと、ただ、カルモンド家は王家に倣って自分の子を優先しただけなのだから。


そしてルピアたちが王都を離れる準備ができて、ようやく出発の日となった。

念には念を。ルピアやルパート、ヴェルネラが乗る馬車には護衛をつけようということになったそうで、ルピアたちはその人物の到着を待っている。

「護衛って誰だろうね、姉さん」

「うちの騎士たちは、お父様からの信頼が地に落ちている状態だし……アルフ以外の護衛、ねぇ……」

うーん、と揃って首を傾《かし》げている双子を、平然を装ったヴェルネラが内心ニヤけながら見ているのは、本人だけの秘密であったりする。

ヴェルネラは内心で『大好きなお義姉様《ねえさま》と婚約者が、揃って可愛《かわい》らしい仕草を……！』と感動しまくりだったり、『この光景をどうにかして一枚の絵画として残せないものか……』と悩んでみたり。だが、顔には決して出さない。何故なら今ここは、第三者の目のある、外だから。

己の世界に浸っているヴェルネラはさておくとしても、そろそろ出発しないとスケジュールに差し支えが出てしまうかもしれない、とルピアが思っていると、公爵家に向かって走ってくる一頭の馬が見えた。

「……あれって……ジェラルドおじさんの馬？」

「え？」

ルピアとルパート、ヴェルネラが揃って馬がやって来る方向を見ると、その馬は結構な速度で走って来る。そして、それを駆っている男性。こちらに気付いたらしい彼が器用に片手で馬を操りながら手を振ってきた。

「本当だわ！　ジェラルドおじ様よ！」

「あの速度で片手で馬を乗りこなすとか、規格外でしょ……何なんだ……」

ルピアは久しぶりに見るジェラルドの姿に目を輝かせているし、ルパートは叔父の身体能力の高さにぽかんと口を開けている。

疾走する馬を片手で操りつつ、バランスも完璧に保っているジェラルドは、みるみるうちに距離を詰めてカルモンド家の正面に到着し、馬から下りて三人の元にやって来た。

「すまなかったな、ぎりぎりになってしまった！」

「いいえ、お久しぶりですわ、ジェラルドおじ様」

「ふむ、ルパートもルピアも元気そうで何よりだ。そして、ヴェルネラ嬢も元気そうだな」

「ご無沙汰しております、ジェラルド卿《きょう》。此度《こたび》は護衛を引き受けてくださること、このヴェルネラ、身に余る光栄にございます」

朗らかに笑っている身長の高い、屈強な男性。

カルモンド公爵家の分家筋を取りまとめている存在であり、父であるアリステリオスの弟。

双子から見れば叔父という存在で、ジェラルドからすれば双子は可愛い姪《めい》と甥《おい》。

がっちりとした筋肉質の体で、顔には傷痕があるが名誉の負傷というものであり、剣術大会や武闘大会では幾度も優勝を勝ち取るという強さを誇っている。

騎士が信用できないならば、身内で。きっとアリステリオスはそう考えたのだろうと想像できた。

「カルモンド領へは、俺が送る。護衛もかねてな。……しかしルピア、今回のことに関しては災難というか、逆に結果としては良しというか……」

「後者でお願いしますわ、おじ様。わたくしの元来の夢が叶うんですもの」

「記憶消去の魔法も受けたんだろう？　体調は大丈夫なんだろうな？」

「はい、もう問題ございません」

「そうか」

ホッとしたようにジェラルドはルピアに微笑《ほほえ》みかける。そして、ルパートの婚約者であるヴェルネラに向き直った。

「ヴェルネラ嬢もここにいるとは聞いていたが……ルピアの見舞いかな?」

「はい。お義姉様が心配で、しばらく公爵家に滞在しておりました。そしてお義姉様に、カルモンド公爵領にて静養されては……とご提案させていただきました」

「そうか、君が。ルパートは良き婚約者を得たようだ。これからも可愛い甥をよろしく頼んだよ」

「仰せのままに」

ヴェルネラの返答にジェラルドは、これで安心と言わんばかりに笑みを浮かべたまま何度か満足気に大きく頷《うなず》いた。だが、すぐに出発時間が迫っていたことを思い出し、ルピアやルパート、ヴェルネラに謝罪をした。

「っと、すまない、喋《しゃべ》りすぎたな。そろそろ出発しよう」

「はい」

「はーい」

「よろしくお願いいたしますわ、ジェラルド卿」

ルピア、ルパート、ヴェルネラの順に、三者三様の返事をしてから、三人は馬車へと乗り込む。

記憶を失った今、王太子妃教育の内容そのものは覚えていない。しかし、王太子妃教育を受けていた頃は、このような時が来るなどとは思えないほど忙しく、ひりついた日々だった。忙しくなくなった今、当時からは考えられないほど、ゆったりとした時間が訪れている。

見送りに出てきてくれている使用人たちは皆笑顔で、ルピアたちに手を振っている。いってらっしゃいませ、と声をかけてくれたジフには、ルピアが代表して、いってきます、と返事をした。

そうして、使用人たちの姿が見えなくなった頃、馬車の窓から景色を見ていたルピアがぽつりと呟く。

「……おかしな話よね」

「何が？」

ジェラルドは馬で併走しているが、窓を開けていないから、この会話は聞こえていないだろう。

また、ジェラルド以外にも彼が連れてきた護衛が、この馬車をしっかりと守りながら、カルモンド公爵領へと続く道を進んでいく。

ルピアがぽつりと零《こぼ》した言葉に、ヴェルネラとルパートは互いに顔を見合わせ首を傾げた。

「何がおかしいの、姉さん」

「だって、考えてもみて？　わたくし、何も悪いことなどしていないのにこうして王家から物理的に距離を取ろうとしている。王都にいる人が見れば、『婚約解消されて逃げている哀れなご令嬢』なんですもの」

「それは……！」

慌てるヴェルネラに対して、ルピアはにっこりと微笑みかけてから言葉を続けた。

「それでいいのよ、ヴェルネラ。そう思ってくれていた方が、わたくしには都合が良いわ」

「……お義姉様？」

向かいに座っているヴェルネラとルパートを見て、ルピアはふふ、と笑いながら言葉を続けた。

「王家がわたくしを追いかけてごらんなさいな。『どうして不要な令嬢を追いかけ回す必要があるんだ？』とか、言われてしまうでしょう？」

あ、とルパートは声を出す。

ファルティとリアム。彼らは今王都で『運命の二人』として、貴族、平民問わず大きく騒がれているのだ。

学院で出会い、惹《ひ》かれあって、王太子には国の大貴族であるカルモンド公爵家の令嬢という婚約者がいたにもかかわらず、真実の愛を貫き通し、ハードルを越えて幸せになった、幸せ絶頂の王太子夫妻。これが、世間の認識。

では、そんな王家がルピアを追いかければどうなるか。

『いやいや、そもそもあの公爵令嬢は要らないだろう？』

『どうして追いかける必要がある？』

民衆だって、貴族だって同じように『どうして追いかけるのだ』と思うに違いない。

仮に、バレないように追っ手を飛ばしてルピアを王都に連れ戻したとしても、費用がかかる。公爵令嬢を荷物のように運ぶわけにはいかないし、相応の扱いをしながら連れ戻すなら、それなりの護衛なども必要になる。なおかつ、『連れ戻すだけの正当な理由』が必要になってくる。

理由を何とかつけたとて、そんなところにルピアが戻っても諍《いさか》いの種を生み出してしまうだけ。

ルピアの存在は、婚約解消をした時点で、既に王家から不要とされている。

表立って言わずとも、一方的に突き放している時点で、様々な貴族はルピアのことを『王家はかの令嬢を不要と判断した』と扱っているのだ。だから、とルピアは続ける。

「わたくしはもう遠慮しないわ。貴族だからこそ学べるだけ学び、鍛錬も行って、ゆくゆくは公爵になる。……あ、でもお父様たちったら移住計画も立てていたわね。うっかりしていたわ」

「んじゃ、クア王国に移住した後のことも含めて話せば良いんじゃない？　俺は賛成」

「わたくしも無論、賛成ですわ！」

「良いの？　ヴェルネラ」

「はい。わたくし、別にこの国でなくとも『裏』の仕事はやっていけますし」

目をキラキラと輝かせているヴェルネラが可愛らしく、ルピアは微笑みを返す。

初めて出会ったあの頃から考えれば、ヴェルネラはとても良い方向に向かっている。今の役割を、思う存分楽しみながら伯爵家の利となるように動けている。

だが、そんな彼女をクア王国に連れて行ってしまっていいものだろうか、とも思う。

ルピアの心を読んだように、ヴェルネラはずい、と身を乗り出し目を細めて笑った。

「いいんです、お義姉様。わたくしは、お義姉様のお役に立てることが何よりも嬉しいのです。だから、そのようなお顔をなさらないで？」

「ヴェルネラ……」

いつの間にか、ルピアは心配そうな顔をしていたらしい。ヴェルネラは気にしないでほしいと言わんばかりに、微笑んで言った。

「わたくしが、お義姉様のお役に立てる日がようやく訪れたのです。お義姉様がいなければ、わたくしはきっと、日陰者の『何も出来ないヴェルネラ』のままだった」

あの日の出会いがなければ、今こうして笑うヴェルネラ＝アルチオーニは存在していない。部屋にこもったまま、つまらない人生を密《ひそ》かに終えた可能性だってある。

「だから、お気になさらないで。お義姉様はお義姉様のやりたいことを、やりたいように。今まで我慢されていたんですもの」

ね、とヴェルネラに念押しされてしまってはどうしようもない。それが、ルピアにとってたまらなく嬉しい。

ルピアは、心の底から嬉しく微笑んで頷いた。それを見ているルパートもつられて微笑む。ようやく、ここがルピアにとってのスタート地点なのだから。

片や、ファルティの王太子妃教育は、当初こそ暗雲が垂れ込めていたものの、比較的順調に進んでいた。

言語や歴史に関しては、学院で得た知識や、元来のファルティの勉強好きの性格が幸いしてあまり問題はなかった。問題があるとすれば、マナーや立ち居振る舞いの方だった。

公爵家に生まれた令嬢と、伯爵家に生まれた令嬢。どうしても変えようのない出自の差。身についた所作は付け焼き刃でどうにか誤魔化せるようなものではない。だが、それでもファルティはやらなければならない。

ファルティは負けん気が強いこともあり、これらも何とか耐えていた。手足が筋肉痛になろうとも、足に血豆が出来ようとも、優雅で嫋《たお》やかな立ち居振る舞いが出来るようにと、体に動きを覚え込ませる。

この間、教育係を依頼したものの断られてしまっていたカサンドラに対し、幾度となく手紙も送った。あまりに軽率だった己の発言の謝罪をし、王太子妃教育を行って貰《もら》えないかと懇願してみたのだが、どうしても叶わなかった。だが、会って話をすることはようやく叶った。ルピアばかりを大切にする理由を聞かないと、ファルティは納得できなかったのだ。

何故、自分がここまで疎まれて嫌われなければならないのか、と。王太子妃教育を担当している者としての自覚が足りないのではないかと、そう問い詰めようと思っていた。

「確かに、わたくしの言い方、振る舞いは軽率でした。でも、どうしてルピアにそんなにも固執しているのですか！　わたくし以外にも、このような非道な態度を取るおつもりですか⁉」

悲鳴のようなファルティの声に怯《ひる》むことなく、カサンドラは冷たい視線のまま、ゆっくりと言葉を紡いだ。

「……貴女はカルモンド公爵令嬢のこれまでの努力を嘲笑い、踏《ふ》み躙《にじ》ったというご自覚がおありでいらっしゃいますか？」

「だから！　わたくし、そんなつもりで言ってませんでした！」

「……ええ、そうでしょうね。けれど、公爵家は『王太子殿下の後見としてちょうどいい』、そんな理由で婚約者候補に選ばれたカルモンド公爵令嬢は、本来の道を一度は閉ざされました。次期公爵の道を、進むはずだった未来を、王家によって奪われたのです」

「それは貴族なのだから仕方ないでしょう⁉」

「ええ、仕方のないことね。だから、彼女は耐えていたではありませんか」

「た、耐えていた？」

あら、と目を丸くしたカサンドラは緩く首を傾げる。

「まさかとは思うけれど……カルモンド公爵令嬢が、殿下を慕っていたとでも思っていたのかしら」

「え、え？」

「彼女は、殿下に対してほんの少しの愛情もお持ちではなかったわよ。あるとすれば親愛の情くらいでしょうか」

「…………え？」

「しかも貴女によって王太子妃になるという未来も奪われた。未来を、二度も、この国によって身勝手に奪われた。でも貴女は『貴族なのだから』と片付けるのよね」

さぁっと、ファルティの中で血の気が引く音が聞こえたような気がした。

「学院では貴女と殿下の恋物語に酔いしれる者達によって、王都ではそれを聞いた下級貴族達によって、カルモンド公爵令嬢は心を踏み躙られ、ぐちゃぐちゃにされたも同然」

一度だって、そんなこと、考えたこともなかった。ファルティが主人公《ヒロイン》となったこの世界は、何もかも綺麗におさまってくれると、そう勝手に思っていた。

確かに、誰もなし得なかったことをやってやろうと、最初こそ間違いなくファルティはそう思っていた。しかしリアムに出会い、何度も話をしている中で絆《きずな》が深まり、彼を心から愛した。

彼からは愛しただけの愛情を返してもらった。隣にいてこれほどまでに落ち着く存在がいるのだと知り、ファルティはリアムの隣という居場所を、絶対に失いたくなかった。

この出会いが神の意志《システム》によって導かれていたことも、そして、こんなにも簡単に仲を深められたのが神の意志《システム》のお陰だということも理解はしている。だが、結ばれた絆の強さは何物にも代えがたいものであり、もう無くしたくないものになっていた。

しかし、リアムに対してルピアが何とも思っていない、恋愛感情を抱いてないだなんて、思いたくなかった。あんなに素敵な人なのに、知れば知るほど愛して当然の人なのでは……？　とファルティは呆然とする。

だから、また、ファルティは意識せずして失言を繰り返した。

「……公爵家なら……ルピアの弟がいるじゃないですか……。そんなもの、ルピアの弟に任せれば良いのに……何で……？」

「あぁ、彼は公爵家の跡取りとしての教育を受けるにあたっての適性検査で不合格になったから、跡取り候補から外されたのよ」

「どうして、ですか。どうして長男なのに……！　ルピアは女の子なんですよ！　女の子にあんな役割を背負わせるだなんて！」

「まぁまぁ……貴女は『どうして』ばかりね」

「え……？」

微笑むカサンドラは、ただ、当たり前の事実だけを告げていく。

「次期公爵を誰にするか、どうやって教育するのか。それを判断するのは公爵閣下。貴女がどうこう言うものではないし、関係ないじゃない。国の法律でも定められているでしょう？　男女に関係なく、爵位継承はできると」

「それは、そうですけど。で、でも！　男性を差し置いて女性が爵位継承とか、ふ、普通は！」

「本当に失礼な方ね。カルモンド公爵令嬢に対しても、カルモンド公爵令息に対しても」

「……っ」

ファルティは言葉に詰まってしまうが、カサンドラは続ける。

「貴女、カルモンド公爵令嬢とお友達だと言っていたけれど……」

にこ、と笑うカサンドラが、ファルティには何故か恐ろしい人に思えてしまった。

「わたくし、ルピア嬢から貴女と仲良しだとか、大切な友人だとか、そんな話を聞いたことはないわ。勿論、彼女の母親である公爵夫人からもね」

「……っ⁉」

だからどうした、とファルティは一蹴すればよかったのだが、口の中がからからに乾いてしまい、うまく声を発せられなかった。

ファルティがルピアを友達だと思っていたのは、ステータス画面に表示された『好感度』の高さから。『好感度』が高い、すなわち友である。数値としてだけの、『友達』という勝手な認識だった。

言葉を発せないファルティを気にすることなく、カサンドラはまた問う。

「貴女、彼女の好きな食べ物を知っている？」

「…………」

「好きなことは？　好きな本は？」

「……っ」

「……呆《あき》れた」

数値が高いから友達だ、そう思っていたのは間違いだった。ファルティは今更ながら気付いてしまったが、もう遅い。色々な人に、ファルティは『ルピアと友達なのだから』と言い回ってしまっていた。リアムに対してもそう言っていた。

それはあくまで『ステータス画面』に表示されていた数値でしかない。その数値はもう見えない。黒でぐちゃぐちゃに塗り潰されているから。本編が終わったから、ラストに辿《たど》り着《つ》いたのだからもう不要なのだと思って、と考えたところで、カサンドラと一緒にいたのだ、と、はっと思い出した。

「……ぁ」

「もうカルモンド公爵令嬢を『友』だなんて嘯《うそぶ》くのはやめていただけるかしら?」

そうだ。ファルティは自分の勝手な判断で、そして思い込みで、『主人公《ヒロイン》』だから何をやっても言っても、己こそが正しいと、そう思っていた。

あの一年半は、きっとルピアにとって悪夢のような一年半だったに違いない。好感度を示すあの数値も、ファルティが主人公《ヒロイン》として、あの一年半を過ごすと決めたせいで、何もかも誰かに仕組まれたものではないだろうか。

そして、うまくいっていたファルティとは違い、あの一年半、ルピアは恐らく針のむしろだったのだろう。

神の意志《システム》が何をどうしていたのかは分からないけれど、ファルティが主人公《ヒロイン》で、ルピアが所謂《いわゆる》ライバル、という立ち位置であれば、ライバルの行動は、どうやって決められていたのだろうか。きっとルピアに自由なんかなかった。そうしていたのは他でもないファルティ自身。

言葉が紡げないファルティを困ったように見ながら、カサンドラは溜息を吐《つ》いて、また続けた。

「あぁそうだ。何故わたくしがルピア嬢に固執するのか、そう問うていたわね。そんなの単純ではないかしら？」

「え……？」

「あまりに身勝手な理由で王家に振り回されたにもかかわらず、自分の役割を理解し、ただひたすらに一生懸命勉学に打ち込み、結果をきちんと出してきた子を大切にして、何が悪いの？」

あぁそうか、と。ファルティの中で、何かがすとん、と落ちて、納得した。

「王家が後見を望んだにもかかわらず、壊れた玩具を捨てるように、貴女《ファルティ》に会った、優秀だから貴女《ファルティ》を王太子妃にする、と言われたわたくしたち教育係の失望が、悲しみが、分かりますか？　ルピア嬢を、公爵家そのものを踏み躙った王家の身勝手さが分かりますか？」

笑っているのに、カサンドラの目の奥に優しさなど無かった。

「そうして出会った貴女が、いかに優秀かということは、わたくしも知っていましたよ。学院の成績は化け物じみて優れて秀でていた、それも認めております。とてつもなく素晴らしいわ。けれどね、わたくしも一人の人間なの。心があるの。……育成し続け、慈しんでいた子《ルビア》をいとも簡単に捨てられたわたくしは、きっと貴女様《あなたさま》の教育係になど相応《ふさわ》しくありませんわ。だって、自分の感情が勝ってしまったのだから。……今後、我がニーホルム家が、王太子妃教育を担うものとして王家に関わることは無いと、そうお思いくださいませ」

ゆっくりと立ち上がり、カサンドラは深く腰を折ってお辞儀をした。

そして、頭を上げて、先程とはうってかわって穏やかな表情で微笑みを浮かべている姿に、思わずファルティは見惚《みほ》れてしまった。

「他の教育係の方々も、勿論、王太子妃教育がどれだけ苛烈なものかは知っています。ですので、教育者失格だとは理解しています。しかし理解した上で、これまで頑張ってきた王太子妃候補を貶《けな》すような貴女の言動を鑑みた結果、どうやっても貴女だけには協力はできないと。それが、皆の総意なのです」

「……ぁ、っ、ち、ちが……、本当に、そんな、つもりは……」

「存じております。けれど、王太子殿下と結ばれた貴女は、『そんなつもりはなかった』で片付けられない地位を手に入れておられます。それを、どうかご理解くださいませ」

「そん、な」

既に婚姻関係を結び、王家の一員として過ごしているファルティに求められる、行動や発言の慎重さ。

単なる貴族令嬢として生きるならば、ここまでの慎重さは求められなかったのかもしれないが、もう王家の一員と国中がファルティを認識しているのだ。

しかも、学院時代のこともあるために平民たちからはとんでもなく人気が高い。恐らくこれまでの王太子妃ではなかったほどに。どこで、誰が、どんな発言を聞いているのか分からない。迂闊《うかつ》な発言は己の首を絞めるだけ。

「……せめて、こちらを」

カサンドラは、持ってきていた本をテーブルへと置いた。

複数冊あるそれは、カサンドラがかくあるべきという道を書き記して纏めた、王太子妃教育で使っていた教本ともいえるもの。

「わたくしに出来ることは、これくらいです。意地を張りすぎていたことも認めます。ルピア嬢に固執していたことも、勿論認めましょう。……ですが、もう、これきり。お目にかかることはございません」

「……っ！」

「ごきげんよう、王太子妃殿下。これからの貴女様の道が、光溢《あふ》れたものでありますように」

最後に、ふわりと微笑んでカサンドラはその場を立ち去った。

せめて、と残していった教本を見ると、かなり細かい書き込みがされたもので、これからの学習にとても役に立つものだということはすぐに理解出来た。

「……めん、なさ……」

人払いをしていたので、ファルティが今こうして泣いているということは、誰も知らない。もしかしたら王家の影に見られて報告されるかもしれないが、そんなことはどうでも良かった。

いかに迂闊な発言が多かったのか。否、多すぎたのか。こうして教えてくれる人がいたから気付けた。

ファルティが気付こうとも、これまでの迂闊な言動を取り消すことはできない。加えて、どうやらまずい方向に動き始めていることは、ファルティの実家であるアーディア伯爵家にもじわじわと浸透してきていた。


可愛い娘が、王太子妃に選出された。一族の誉れとして、わぁっと一族総出で沸き上がり、祝賀パーティーが開催され、ふわふわと幸せなひと時を過ごしていた。今後、もしかしたら立場的にカルモンド公爵家よりも上を目指せるのかもしれない、と気分は勝手に高まっていく。それは現当主ばかりではなく親戚もそう思っていたのだ。

ある日、もう住まいを王宮に移したファルティからの手紙がアーディア伯爵家へ届いた。もしかして、他に必要な彼女の荷物があったのかもしれない。そう思い、手紙を読み進めてアーディア伯爵は目玉が飛び出そうになるのを必死に堪えた。ついでに襲い来る吐き気も必死に堪える。

「なんだ……これは……」

目を疑うような金額が、そこには当たり前のように記載されているではないか。

見間違いかと思って何度も何度も読み返すが、見間違いなどでは無い。娘が近くにいたら、『どうしてこんなことを書いてきたのだ！』と怒鳴りつけていたに違いない。

「貴方、どうされましたか？」

伯爵夫人もやってきて、夫が読んでいた手紙を隣から覗き込んだ。普段冷静な夫がここまで驚くのには、何かとてつもない理由があるのだろう、と思うまでは良かった。その金額を見るまでは。

「………………は？」

夫人も目を丸くした。

「な、なんですか！　この馬鹿げた金額は！」

愛娘から届いた手紙に書かれていた、『公爵家は、ルピアのために予算を追加していたそうなの。王太子妃予算として家からの援助、という形で予算追加をお願いしたら、これくらいはできそう？』というあっけらかんとした内容と、とんでもない金額。

目が回るような感覚に襲われているアーディア伯爵は、娘が化け物のような、何か異形のものに変化してしまったような恐ろしさを感じていた。

「出せるわけあるか！　何を考えているんだあのバカ娘は！」

「まさか……婚約者としての立場をファルティが奪ったから、最後の嫌がらせとしてカルモンド公爵閣下が、あの子に何かを吹き込んだのではありませんか⁉」

「馬鹿なことを言うな！　いいか、ファルティが王太子妃になった、つまり王家がカルモンド公爵家より当家が上なのだとお認めくださったのだから、アーディア伯爵家の実質的な地位はカルモンド公爵家よりも上なのだ！　成り下がった人間が、当家に対して挑発めいた行いをするなど、断じてあるものか！」

アーディア伯爵自身、ファルティが王太子妃の地位を奪ったことは、とてつもなく嬉しかった。王宮へと出向いた際、カルモンド公爵に対して『まさかこのような事があるとは、長い人生、何があるのか分かりませんなぁ！』と、嫌味というか煽《あお》りというか、とてつもない暴言を放ってしまっている。吐いた言葉は取り消せない。その報いか？　と思えるような内容が書かれた手紙に、アーディア伯爵はがたがたと震え始める。

妻が言った『王太子の婚約者としての立場を奪った』という台詞《せりふ》に段々と気持ちが悪くなってくる。何を今更、という思いが膨れ上がるが、ふと、魚の小骨が引っかかったような違和感が襲い来る。

「王太子妃予算というものは、恐らく本来きちんと宛てがわれているはずだ。……公爵家は家族仲が悪いと聞いていたが……どうして王太子妃予算に上乗せなど……」

貴族の間ではいつも囁《ささや》かれている、『公爵家の不仲説』。それを信じている伯爵は意味が分からん！　と憤る。だが、夫人は冷や汗を垂らしながらもぽつり、と可能性を口にした。

「それ自体が、誤った情報だとしたら？」

「……は？」

「貴方。外から見る家族像が、本当に信じるに値するものだとお思いでして？」

とてつもなく冷静な妻の言葉に、伯爵はハッとする。公爵が私財を投じてルピアが困らないように、何かあった時の費用として追加していたものだとしたら？

そしてそれは、ルピアが婚約者でなくなったことで、なくなるものだ。当たり前のことなのだが、何故だかリアムも当初は『その援助はあって当たり前』だと思っていたらしい。

どうして公爵が私財を投じて王家に寄付のようなことをしなければならないのか。普通に考えたらそんなバカげた話があるか、と一蹴されてしまうのだが、何故だかそれが忠誠心だと叫ぶ者も居たらしい。

恐らくはルピアが王太子妃候補でいる間は、その予算追加が当たり前のように行われてきたからだろう。

「まさ、か」

「わたくし、最近社交の場でよく聞きます。わたくし達の、カルモンド公爵家に対する認識そのものが、間違っていたのでは、と……」

そうであれば、何もかも理解出来ることばかりだ。

公爵は、ルピアをとても可愛がっているし、大切にしている。公爵家の家族仲が悪いわけがなく、親戚との仲も至って良好。

表向き、例えばパーティーなどで見かけても、特段仲が悪そうな雰囲気もないのにどうしてそんな噂が広まっているのだろうか。

これについては、ルピアへの苛烈とも思える公爵家の教育体制が原因なのだが、本当の事情を知らない貴族の方が多く、第三者から見れば『自分の子供とはいえ、あのような苛烈な教育方針など』と囁かれ続けていた。

自分たちの認識そのものが間違っていて、本当はカルモンド家はとても仲が良いのでは。仲が良いからこそ予算の援助もしていたし、ファルティが王太子妃になり、ルピアの未来を奪ったものたちへの報復なのでは……？　いいや、予算の援助がなくなるのは当たり前だから、報復ではない、と思い直した。

ここまで思って、伯爵夫妻は揃って血の気が引いていくのを感じていた。

「今回の婚約解消についても、公爵家一族から王家に対して未だに相当な抗議が行われている、とか……」

「嘘《うそ》だろう⁉」

「貴方、冷静になってくださいな。王家が望んだ婚約を、ファルティ《我が家の娘》が現れたことで、そして王太子殿下と深い愛で……と、わたくし達が言うのもあれですが、その……所謂、真実の愛というもので結ばれ、婚約を新たにしただけではなく色々な段階を飛ばして、ファルティが王太子妃となっているのですよ」

「…………」

あ、と伯爵から力無い声が出た。

「王家が関係強化を望んだにもかかわらず、一方的に婚約を解消された公爵令嬢。完全に王家が公爵家を笑いものにしたい、もしくはこの国から出ていけ、と言わんばかりの行動ではありませんか……」

そこまで話が飛躍するものか？　とも思えてしまうが、妻の言うことにも一理ある。

王家が望んだにもかかわらず、王家が勝手に解消した婚約。しかも通常ならば王太子妃教育を行って、きちんと素質があるのだと確認された上で、全てを修めた令嬢こそが王太子妃として相応しいとされるにもかかわらず、何もかもをすっ飛ばして、ファルティは王太子妃として成り上がっていった。

まるでそれは、御伽噺《おとぎばなし》のお姫様のように。

全ての令嬢の憧れたる存在へと一気に駆け上がったファルティは、とてつもない支持を得ている。これはとても喜ばしいことだ。だが、そんなものはあっという間に崩れ去ることも理解している、つもりではいるが、果たしてそれがいつ訪れるか、等は分からない。

「我らが……公爵家そのものを不要だと、声なき声で叫んでいる、というのか……？　い、いや決してそんなことは！」

「そうとしか思えない状態になりつつあるでしょう……」

今回の件、下位貴族はこぞって公爵家を指さし、嘲笑った。

ほれ見たことか。お高く止まった女はこれだからダメなのだ、と馬鹿にし続けた。王都に住んでいる人々は揃ってファルティを持ち上げ、ルピアを叩《たた》き落《お》とすようなことばかり。表立っては決して言わない。だが、広がる噂話はルピアを小馬鹿にするものばかり。

これが公爵家に伝わってしまえば、平民や下位貴族がどんな報いを受けるのか。そして、公爵家がとてつもなく静かなのが、何とも恐ろしい。嵐の前の静けさとも言うべき状態。

「……そもそも、これまでのわたくしたちの認識が間違っているとして、改めてきちんと物事を整理すると……辻褄《つじつま》が、合ってくるんです」

ガタガタと震えながら、伯爵夫人は言葉を続ける。

「まず、公爵家の皆様方の仲が悪いなど以《もっ》ての外《ほか》。とてつもなく家族仲が良い、ということ」

言い終わると指を一本、立てた。

「……もしも、今のこの静寂が本当に『嵐の前の静けさ』であったなら、ですよ？」

早く続けろ、という伯爵の声に夫人は深呼吸をして、口を開く。言いながらもう一本、指を立てた。

「そして、公爵家が『この国に不要と見なされている』と、既に判断している場合……この国からいなくなってしまう可能性は……ありませんか……？」

「あ……」

公爵家に、国そのものに不要と判断されたと思っても仕方のない、今回の出来事。

そう、自分たちの娘は確かによくやった。よくやったのだが、これは果たして褒めるに値する行為だったのだろうか、と伯爵は思う。

過去に戻らない限り、ひっくり返して零したジュースは、グラスに戻ることなどありえない。吐いた言葉も戻らない。伯爵ごときが公爵を馬鹿にしたような物言いも、発言の内容も取り消すことなどできない。

奪ってしまったルピアの王太子妃としての地位《ばしょ》も、戻ることなど、ありえないのだ。

結局、今更ながら残ったのはとてつもない後悔と、今後の王太子妃予算をどうすればいいのかという困惑のみだった。

アーディア家で王太子妃の予算について頭を悩ませるファルティの両親、そして別の意味で悩んでいる人が王宮にも一人。


「待て！　公爵、待ってくれ！」

呼ばれているのを無視するのは無礼だと、アリステリオスは勿論、理解している。

理解しながらも背後から必死に追いかけてくるリアムを無視し続け、アリステリオスはずんずんと王宮内を慣れた足取りで進んでいく。

「カルモンド公爵！」

悲鳴のような呼び声は少しずつ距離が近くなっている。普通に歩いているだけでは、カルモンド公爵の方がリアムより身長が高いため、歩幅の違い故に追いつけないとリアムは気付き、ようやく追いかける速度を徒歩から小走りへと変えたようだ。だが、アリステリオスは止まらない。何せ、色々な手続きをようやく始められる目処《めど》が立ったのだから。彼に構っている余裕などありはしないのだ。

「止まれと言っている！　おい、王命だぞ！」

最終手段だと言わんばかりのリアムの叫び声が廊下に響いた。しかし、いるのは彼ら二人だけではない。貴族や王宮に勤める様々な人たちが勿論多数いる。普段は見せないようなアリステリオスの異常とも思えるようなリアムへの対応に、周囲はどうしたんだとざわめいていたが、それもすぐに収束した。

ここしばらく公爵家と王家の間であったごたごたを知らないものが、ほぼいなかったからだ。

叫ばれ、ようやくアリステリオスは足を止め、ゆっくりと振り向いた。ようやく話ができる、とリアムが喜んだのも束《つか》の間《ま》。

振り向いた公爵の眼差《まなざ》しはどこまでも冷たく、かつて向けられていた温《ぬく》もりのある眼差しはどこにも無い。

「……王命、ねぇ……」

冷ややかすぎる、アリステリオスの声と、雰囲気。

「その言葉の意味をきちんと理解しているかどうか……。何ともまぁ……ご立派になられたことだ」

そして、リアムを見下ろす蔑み切った目。言った後で間違えた、と後悔したが遅い。加えて、何か間違ったことを言っても今までのアリステリオスは、こんな目で見てこなかった。

リアムが放った『王命』という言葉の意味の重さと、そもそも使い方を間違えているという事実に、リアム自身が気付いているのか、いないのか。

今までならば丁寧に教えていた。だが、もうしてやらない。そして、これは己が選んだ未来だというのに何をこんなにも怒っているのだろうか、と改めて問う。

「殿下と妃殿下が選んだ結果だ。何がご不満でいらっしゃるのですかな」

「そ、っ、れは」

「わたしは、きちんと手続きをしているだけではありませんか。わたしが娘のために王家に渡していた王太子妃予算を、返還してください、と」

「お、王太子妃な、ら」

「わたしの娘ではない令嬢を貴方は選んだ。王家も、……そもそもこの国が、我が娘を不要だと、そう決めて排除した」

「……あ、う」

淡々と告げるアリステリオスの迫力に呑《の》まれ、リアムは言葉を紡げないでいた。

「お望み通りになったというのに、まだ何かこれ以上我が家に御用ですかな？」

文句を言ってやろう、そう考えていた少し前の自分を殴り飛ばしたい。そして、公爵がルピアを大切にしていない、とか言い出したものは誰なのか、今すぐにでも探して問い詰めたかった。

「わたしはこれから陛下と話し合いをせねばなりませんゆえ、用件は手短にお願いいたします」

そう言われ、リアムははっとする。自分が何のために公爵をわざわざ呼び止めたのか、それを話さなければならない。頭では理解しているのだが、口がいうことをきいてくれない。

「ああ、もしかして……わたしがルピアのために増額していた王太子妃予算について、でしょうか」

「……そ、そうだ！　貴殿が余計なことをしていたばかりに、我が妃《きさき》とその実家が困っている！」

「予算組みは王家の仕事でしょう。何のためにわたしが、我が娘のために、私財を投じたと思っておられますかな？　理由は何だとお思いですか？」

「え？」

きょとん、とリアムの目が丸くなる。『何のために』とか、そんなことは考えたことがなかったから。

それはきっと、目先だけの『何か』などではないはずだ。だが、与えられることが当たり前の環境下にいるリアムには想像できない。

「殿下と我が娘の婚約は、どういった理由で結ばれたのかは、ご存じですよね？」

「貴殿がわたしの……後見となるためだろう」

「ええ。ちょ、ちょうどいい、あなたの御父上《おちちうえ》がそう言ったのです」

言うに事欠いて『ちょうどいい』とは何なのか。父である国王に問えばきっとこう返ってくる。

『万が一に備えての後見を選んで何が悪い』と。

王家が決めて、王家が断り、王家によって振り回された令嬢と公爵家。

「そんな理由だとしても、王家からの要請であれば当家は断るなどできません。だから、舐《な》められないように、あえて、わたしが私財を投じたんですよ」

「は⁉」

「ま、軽く扱われて捨てられましたけれど」

「ち、ちがう！　わたしはルピアを軽くなど扱ってない！」

「殿下、婚約者でもない女性を、名前で、呼ばないでいただけませんか？　あなたには既に奥方がいらっしゃるではありませんか」

アリステリオスの纏う空気が、更に冷える。

もう既に、リアムはファルティを妻としている。側妃《そくひ》が認められていないわけではないが、ルピアは婚約者から外されているし、王家が不要とした存在。

不要ならば前もって用意していた『ルピアが王太子妃になること』が前提条件の、あの予算は返還してもらわねばならない。

「殿下、増額分については何としてでも返していただきますよ。わたしはあの金額を王家に寄付などしておりませんので」

「そ、そなたは、そこまで王家を愚弄してどうなるか理解しているのだろうな⁉」

「ははは、面白いことをおっしゃる」

一切目が笑っていない、口元にしか笑みが乗せられていない奇妙な表情で、アリステリオスは笑った。

「理解しておりますとも。それに、もうこの国での爵位は不要ですから」

そう告げた瞬間、周囲が真っ先にざわついた。別に聞かれても、責められても、痛くもかゆくもない。周りに聞かれていると、アリステリオスは理解していたから、わざとこの人目のある場所で会話していたのだ。

あちこちで、「嘘だろ」、「まずいことになっているぞ」という声が聞こえる。そこまで公爵家が怒っているとは誰も思っていなかったらしい。

青ざめている面々は、ルピアが婚約解消された際に嘲笑っていた、王太子妃候補にすらなれなかった令嬢の親や、リアムとファルティの恋物語に熱狂していた人たちばかり。ああ、やはりこうなってしまったのか、と理解し、落胆するものがいるのも見てとれる。

「なん、で」

「此度の婚約解消について、手順をきちんと踏んでくださっていれば、何もここまでのことにはなりませんでしたよ」

にこやかにアリステリオスは言う。そして、続けた。

「国が、最初に我らを見限ったのです。国王は『家族』を大事にするがあまりこちらを蔑《ないがし》ろにしました。だから、わたしも『家族』を最優先とした、それだけですよ」

リアムが抱いていた怒りは、あっという間にどこかへと霧散してしまった。怒ろうにも、自分たちが蒔《ま》いた種なのだから何も反論できなかった。

それでは失礼しますね、そう言ってアリステリオスは王の執務室へと歩いていく。そういえば朝食の席で父が公爵が来る予定があると言っていたのはこのためか、と今、理解できた。

公爵がルピアのために用意した金を、リアムはファルティのために使っていた。どこまでが王家が用意したもので、どこからが公爵が用意したものかなど、予算書を見れば一目瞭然。

学生時代、様々な人と出会ったことで、リアムの世界は広がった。否、広がりすぎてしまった。自由に羽ばたいて、感情のままに笑っているファルティが眩《まぶ》しくて、話しているうちにすぐに心を奪われた。どうしてもずっと、自分と一緒にいてほしかった。

王太子妃になってくれれば、一緒にいられるのでは、というとてつもない子供じみた考えで動いた結果が、これだ。

しかも自分が側近として近くに置いていた男爵子息たちは、良かれと思って公爵家に殴り込みのような真似《まね》をしてくれた。ファルティは罰せられた彼らを『可哀想《かわいそう》』と言っていたが、とんでもない間違いだ。

その後、新しく側近となった者からこう言われたのだ。『殿下も、妃殿下も、いつまでも学生気分でいてもらっては困ります。いいですか、貴方達はこれから民の手本となるのですよ。いつかはリアム様が王に、ファルティ様が王妃となられるのです』と。そして、と側近はこう続けた。『そんなつもりはなかった、などという甘っちょろいことは、これから先は口が裂けても言えないとお思いください。王族の不用意な発言と行動に振り回され、苦しめられるのは、他の誰でもない、民なのです』

父からも母からも、最近は同じことを言われていた。ファルティはようやくそれを理解したらしく、王太子妃教育をとてつもない速度で履修していると聞く。

出てしまった言葉は、元に戻らない。そして、起こしてしまった行動も、取り消すことなどできない。失った信頼を取り戻すのは容易なことではないし、そもそも取り戻せるのかどうか、というところまで落ちている。

そして、下手をすれば一人の令嬢の命が失われていたこと。これは幸いともいうべきか、ルピアが記憶消去の魔法をその身に受けたことで何とか回避された。ルピアの王太子妃教育の進度がずば抜けて早く、王妃教育にも取りかかろうかというところまで進んでいたことが、災いした。王家に関する記憶を持ったままであれば、近い将来面倒事に巻き込まれる可能性しかなかった。

次に、リアム自身は、カルモンド公爵家という後ろ盾を失った。なお、呼び止めた際はこれについても文句を言おうと思っていたのだが、言えるはずもなかったし、言う資格はそもそも無かったことを痛感した。

王家側が今回の件に関しては最悪な手段しか取れていないことに対し、高位貴族からの反発も相当なものになってきている。だが、それよりも、先ほど王の執務室へと入ったアリステリオスが『この国での爵位は不要』と言っていたこと。それが意味するのはたった一つ。

カルモンド公爵家そのものが、この国からいなくなるということでしかない。本家だけならまだしも、分家筋まで出ていかれると、国防の要を担っていた者がほぼいなくなる。それは避けなければ、と思う。しかし頭の中にあるのはこれまでの王家の失態の数々。

――そして、かつて婚約者であった令嬢と交わした言葉。

『殿下、口にした言葉を戻すことができないとご理解できないのであれば、試しに天に向けて唾を吐いてみてください』

『何を言うのだ、ルピア。そんなことをすれば自分に降りかかるではないか！』

『はい、言葉もそれと同じですわ。己の言葉は、良きものであればそのまま、悪きものは更に悪意をもって己に戻ります』

『そんなわけないだろう。心配しすぎだぞ？』

『……お立場を、お考えになった上で、言葉にはより慎重になってくださいませね……殿下』

廊下の真ん中でいつまでも立ち止まっているわけにはいかず、自分の執務室へと力なく歩いていくリアムは、じわりと霞《かす》む視界の中、限りなく小さな声で呟いた。

「君の……言うとおりだったよ、ルピア」

吐いた言葉が、起こした行動が、今になって最悪の形でリアムへと、ファルティへと、国へと、戻ってきている。


ファルティは、ようやく教育担当の王妃にも叱られることが減ってきた。自分で蒔いた種とはいえ、一体どうして神の意志《システム》は王妃エンドを迎えたファルティを見放したというのか。始めるときに色々と注意を受けたことは憶《おぼ》えているのだが、最後まで自分を導くのが筋ではないのか、とファルティは思う。

自分の軽率さも今は見せないよう、細心の注意を払っている。カサンドラに言われたから、ということもあるが、将来王妃となる以上はこれより先、迂闊なことをするわけにはいかないのだ。

しかし可能であればもう一度、手助けをしてもらいたいという気持ちが、おさえられなかった。

「まずはどうにかして神の意志《システム》と対話をしないと……」

学生時代はどうやっていただろうか、そう思い返しながらファルティは部屋の中をうろうろと歩き回る。

今日は珍しく何も予定がない時間ができたので、チャンスがあるとすれば今しかない。

「【ステータスオープン】！」

ファルティが言うと、ぱっと目の高さにウィンドウが表示される。

相変わらずルピアの好感度のところはぐちゃぐちゃに塗りつぶされたままで、変化はない。学生時代には数値が表示されていたのに、と改めて落胆した。

どこかに神の意志《システム》と対話する術《すべ》はないか、考えながらステータスウィンドウをあちこち触る。

「どこよ……どこにあるの……！」

どこを触っても、何をしても、神の意志《システム》との対話、という選択肢は出てこない。なお、こうしてウィンドウをいじっている間は学生時代と同様、周りの時間が止まったような奇妙な感覚になっている。

「ああもう！」

段々イライラしてきたのか、形の良い爪をファルティがぎりり、と噛《か》む。更に、苛立《いらだ》ちまぎれに目の高さにあるウィンドウをばん！　と叩いた。

「…………あ」

しまった、と思うが早いか、ウィンドウがぐにゃりと変形して四角形から角ばかりの多角形になったり奇妙な形になったりし、幾本もの細い線が入り、ざざざー、と妙な音がし始める。もしかして今叩いたことで何かがおかしくなってしまったのでは、とファルティが焦り、表示を元に戻そうとしてみるが、触れるのをためらうほど、更に激しくウィンドウが変形し始めた。

呆然としたままファルティがその光景を見ていると、いきなりそのウィンドウが巨大化する。

「え⁉」

王太子妃教育の一環で、感情をあまり表に出してはいけないと言われていたが、これは驚かない方が無理だ。ぐにゃぐにゃと形を変え続け、どれくらい見ていたか分からないが、その形がやがて、人に近いものへと変わっていく。

それははっきりと『人』と分かるような見た目になった。シルエットが確定し、そこから更に細かく変化していく。髪、顔、服までもが目に見えてはっきりとしてくる。しかもその外見は、どう見てもファルティ自身なのだ。

「……な……何なの……？」

《何なの、とは失礼ですね。貴女がうるさいからこうして来たのに》

「神の意志《システム》……？」

《何の用ですか、ファルティ＝アーディア》

ファルティの姿で、ファルティの声で、抑揚なく淡々と問いかけてくる。それが忌々しく感じられたファルティは、ようやく会えた神の意志《システム》を思いきり睨《にら》みつけたのだった。

《睨みつけられるとは心外ですね》

「うるさい！　アンタ、どうして今は私を助けてくれないの‼」
《……ぷっ》
くく、と笑う声と共に、心底馬鹿にしたような表情を張り付けて、目の前の神の意志《システム》はファルティを嘲笑う。
《どうやらきちんとご理解なさっていなかったようですね。そうですかそうですか……エンディングに到達しても、助けてもらえると思っていたのですか……》
「は⁉　どういうことよ！」
言っている意味が分からず、ファルティは戸惑いと怒りの混ざった声で叫ぶように言ったが、神の意志《システム》の表情や仕草は何も変化はないままだ。
《ファルティ＝アーディア、『恋☆星《こいぼし》』の主な物語《メインストーリー》に入る前に私から注意事項をいくつか示しました。覚えていますか？》
淡々と、神の意志《システム》は問うてくる。
忘れるはずがない。進級する数日前、学院の登校準備をしていて、いきなり白黒の、時間が止まったような世界に放り込まれたのだ。
話を聞いて自分なりに整理をしたところ、ファルティの目の前に現れた神の意志《システム》という存在は、一緒にとある目的を達成してくれる貴族令嬢を探していたという。なお、この神の意志《システム》からは色々な条件などが出されていた。

まず一番大切なこと。

協力するのはエ、ン、デ、ィ、ン、グを迎えるま、で、、、、、、。

あくまでエンディングを目指すための協力関係であり、それ以降は特に手助けなどはしてくれない。

「覚えているわよ！　けど、じゃあどうしてルピアの好感度表示が黒く塗りつぶされているのよ！」

《おやぁ……もう早速矛盾があるというのに気づいていらっしゃらないとは》

「は⁉」

《ファルティ＝アーディア。……協力するのは、いつまでと、言いましたか？》

「エンディングを……迎える、ま、で……」

ファルティの勢いが途端に萎《しぼ》んでいく。それにはかまうことなく、また淡々と神《システム》の意志は問い掛けた。

《貴女は今、どういう状態でしょうか？》

「……王妃エンドを迎えて……、で、でも、私が迎えたかったのは、大団円なの！　だから！」

それを聞いた神《システム》の意志の、にっこり、と擬音が聞こえてきそうなほどの笑顔に、底知れぬ迫力を感じたが、ファルティは呑まれてはいけないと必死に耐える。

だが、耐えられたのはほんの少しの間だった。

《存外おバカさんのようですし……もう一度問いましょうか。……協、力、す、る、の、は、い、つ、ま、で、と、言、い、ま、

したか？》
あ、と小さな声が漏れた。
サポートしてくれる内容の細やかさが、手厚さがファルティにとっては当たり前になっていた。だから、一番初めに言われた、最も肝心な内容が頭からすっぽ抜けてしまっていたのだ。
《思い出していただけましたか？》
優しく、子どもに言い聞かせるような声色。
「つま、り……。もう、私がエンディング《終わり》に到達したから、手を、貸してくれない、っていうこと……？」
《はい》
「なっ⁉」
そんな馬鹿な話があってたまるか、と反論したい。だが、ファルティは最初の時点でそれを了承して、協力してもらいながらあの一年半を過ごしていた。
「そん、そんなふざけた話が……」
《ふざけておりませんとも。貴女はそれを了承して、始めた。そうでしょう？》
言い終わると同時に、神の意志《システム》の姿がまたぐにゃぐにゃと、ざざー、っという音とともに変化した。幾通りもの姿に変わることが出来るのか、とファルティは目を見開く。
《貴女は、わたくしから婚約者を、未来を奪ったでしょう？》

「ルピア⁉」

人形のように淡々とした、だが、とてつもない美貌の持ち主。ファルティが神の意志《システム》と一緒になって、彼女が向かうべきだったはずの未来を、奪ったひと。

ファルティは王妃エンドに到達し、目標にしていた大団円エンドは迎えられなかった。けれど、どうにかすれば、何かしら取り返しがつくのではないかと、甘い考えを持っていた。

《貴女がこれから歩むのは、未来》

次に王妃へと姿を変えた目の前の存在は、続けて淡々と告げる。

《だってそうでしょう？　エンディングを、終わりを迎えたのならば、未来に進まねばならない。違う？》

王妃の姿で、声で、淡々と問いかけてくる。理解はしている。ただ、ファルティの思いとしては『諦めたくない』、これに尽きるのだ。

「なら……ならせめて、私の友達のルピアの好感度を見せなさいよ！！！」

《おや……貴女はおかしなことを仰《おっしゃ》る》

ジジジ、と音を立てて再びファルティの姿に戻った神の意志《システム》は、心底不思議そうな表情を張り付けてファルティの顔に、自身の顔をずい、と近付けた。

どこまでも無機質な、ガラスのような目に、じぃっと見つめられる。

《貴女……お友達として仲が良いのに、その仲の良さを数値で表すんですかぁ？　仲良し度、って

え、現実でも数字で測れるものなんですかぁ？》

ぐっと、言葉に詰まるファルティ。

なおも、神の意志《システム》は煽るように言葉を続ける。

《ご自身の、本当のお友達に対してはそんなことを言わないのに、かの令嬢にだけは執拗《しつよう》にそうやって拘《こだわ》り、執着し、粘着するのですか。……まぁまぁ……へぇぇ……？》

「あんたが！　あんたが勝手に私を導くことをやめたからこんなことになってるのよ！」

悲鳴のような怒鳴り声を上げても、何も動じた様子は見せずに、また淡々と続ける。

《エンディングを迎えましたしねぇ。それに、もうライバル令嬢だけでなく、皆さまを解放しましたから……あとは未来にお進みください》

「……え？」

呆然とするファルティに、追い打ちをかけるように続ける。

《貴女は数値でしかライバル令嬢との仲を判断していなかった。そうでしょう？》

ライバル令嬢＝ルピア。彼女は、あくまでファルティを主役《ヒロイン》としたストーリーの『ライバル令嬢』という立ち位置でしかない。ルピアをそこに当てはめたのは神の意志《システム》。

しかし、それがあったからこそ、話は進み、ルートが分岐して『王妃エンド』へと到達した。

自覚していなかったファルティの思いと行動、それに伴った結果を淡々と告げていく神の意志《システム》。

《エンディングを迎えたお話から解放され、ライバル令嬢であった人は、もう貴女からも、この国

からも、物理的に遠ざかっておりますよ》

淡々としながらも、どこかにこやかに告げられる内容に、ファルティは血の気が引くのを感じていた。

自分の本当の友達。それは、学院に入学してから、貴族でも遠慮なく接してくれていた平民出身の子であったり、伯爵家と付き合いのある商家の令息、令嬢だったりと様々だ。

だが、ルピアはどうなのか？

一方的にファルティの『ライバル令嬢』に選ばれ、そして神の意志《システム》によって己の自我をほぼ奪われた状態で、『主人公《ヒロイン》』の邪魔をしないように動かされていた、煌《きら》びやかな未来が約束されていた公爵令嬢。

そのルピアが、王家からもこの国からも離れ、ファルティからもリアムからも離れて歩き出している。神の意志《システム》曰《いわ》く、『解放』した、ということらしい。

「なんで、そんな勝手な……」

《勝手？　はて、何が勝手でしょうか？》

「私は了承してない！」

《何故？》

「ルピアは、私と一緒にこの国を良くする役割を持っているんじゃないの⁉」

《大団円エンドを迎えていたら、そうなりましたね。でも貴女……できなかったでしょう？》

揺るがない真実に、ファルティは黙ることしかできない。仲良くなったというのは数値面だけ。

「っ……こ、公爵令嬢ともあろうものが、王家に静養先を告げないなんて！」

《貴女が言っても、説得力などあるわけないでしょう。ご理解できませんか？》

「私は今や、王族の一員なのよ⁉　公爵令嬢ならば、どこに行くかは申告が必要でしょう⁉」

《それは貴女の思い込みです》

困ったものですねぇ、と。ファルティの顔で、声で、嘲笑う。何もかもを奪ったお前が、どの面下げて被害者面しているのかと。既に王太子リアムの婚約者ではないルピアが、どこへ行き、何をしようと自由なのだ。

王都に居ては、心無い噂がルピアを傷つける。だから、王都から離れるし王家とも距離を置く。その間、ルピアは本来進むべき道へと走り始めている。

それの何がいけないのか。エンディングを迎えたのだから、こうなってしかるべきだというのに、ファルティはどうやら納得したくなかったらしい。

「どうやったら……、どうやったらここから大団円になるのよぉ～……」

子どものように泣き始めたファルティに対し、神《システム》の意志は呆れたように告げた。

《貴女、イベントの取りこぼしがあったでしょう？　きちんとヒントも与えたし、やるべきことリストにも載せておりましたけど、やらなかったのは貴女です》

「っ、うぅ……っ……う～……」

先ほどから言われることは、全て真実ばかり。

発生させられなかった、超重要なイベント。「そんなに大切だったなんて」と泣きじゃくるファルティを見る目は、無機質というよりも、最早《もはや》一枚の止め絵のようですらあった。

吐く必要のない溜息を盛大に吐いて、神の意志《システム》は更に続ける。

《貴女は我らから見てもとても良きヒトであったのに……失敗してつまずいて転んだらこの有様《ありさま》……か》

「戻して……」

小さく呟かれた言葉に、神の意志《システム》が聞き返した。

《はい？》

「時を戻しなさいよ！　そうしたら、次はもっとうまくやるから！」

《はぁ……良いですよ？》

投げやりに叫んだ内容を、あまりにあっさりと承諾され、一瞬目を丸くするファルティだったが、続いた言葉に表情を無くした。

《貴女が、焼け焦げた肉を焼く前に戻せるというのであれば、私も時戻しをやってみせましょう》

「…………そ、っ…………そんなことできるわけないでしょう⁉」

時間という概念を、たかが人間が操作なんかできるわけがない。だから、ファルティはそう答えた。

《良かった、分かっているではありませんか。元に戻すだなんて、できっこないんです》
口調は、どこまでも優しい。聞き分けのない子どもに言い聞かせるように、けれど、大人ゆえに容赦などしない。話している内容はファルティの心を容赦なく抉《えぐ》りとっていった。
《読み終わった童話に、お姫様が幸せになった後のストーリーがないからと、癇癪を起こさないでください。進むべきは、見るべきは、『未来』ですから》
「じゃあ……どうした、ら、いいの……?」
《貴女はこのまま王妃になるべく、もっともっと精進されるといい。未来を奪われた令嬢の代わりに……ね》
そんな、とファルティが泣いても喚いても、今進んでいるこの『現実』は止まらない。
ここまで言われてやっと気が付いたのか、と呆れたような表情を向けられているとは知らず、ファルティは呆然と床を眺めている。一瞬ルピアを恨みそうになったが、それは筋違いなことも理解している。
御伽噺の終わったあと。終わりの続きを歩んでいるという自覚がファルティには無さすぎた。
今、こういう状況をある意味で唆されたとはいえ、選び、歩んできたのは紛れもなくファルティ自身。ルピアはそれに『ライバル令嬢』という立場で無理矢理に付き合わされた存在。己の野心を追いかけるばかりに、一人の令嬢の未来を狂わせてしまっていることを、ファルティはきちんと理解をしなければいけない。神の意志《システム》の言葉が嫌味のように聞こえたとしても、受け入れなければならない。

◇◇◇◇◇◇◇◇◇◇

「姉さん……姉さん！」

「……あら……わたくしったら……眠っていたの……？」

「お疲れだったんですよ、お義姉様。大丈夫ですか？　少しうたた寝されていたようですわ。ただ……顔色が……」

「……おかしな夢を見た、気がするわ……」

ルピアの発言に、ルパートとヴェルネラは首を傾げる。

馬車の中で、気を許せる人しか乗っていないとはいえ、ルピアがうたた寝をすることはとても珍しい。それに加えて、眠っている間とても顔色が悪かったのだ。ルパートとヴェルネラは心配そうにじっと見る。

馬車酔いをしたのか、と問われても首を横に振るルピア。

うたた寝をしていたほんの少しの間、ルピアは夢なのか何なのか、よく分からないものを見ていた。王宮でファルティと誰かが話している光景を、立ったままでずっと見せられていたような。

ルピア自身は、静養するため領地へと向かっている真っ最中だし、そんなところに行けるはずはない。

ルピアの体が移動していないのであれば、意識だけ引っ張られたということなのだろうか。しかし何故……とルピアが首を傾げていると、ルパートが問いかけてくる。

「姉さん、おかしな夢、って？」

「夢、というか……えぇと、映像のような、もの？　を見せられていた、というか……」

ルピアにしては歯切れが悪く、要領を得ない言い方に、ルパートもヴェルネラも困惑したような顔になる。

やはり体調が悪いのではないだろうかと、併走してくれているジェラルドに伝えようとしているルパートを、ルピアが慌てて止めた。

馬車の中が賑《にぎ》やかなのに気づいたジェラルドが、気遣うようにこちらを窺《うかが》っている。ルパートが笑み混じりに『何でもないよ』と首を横に振ってみせると理解してくれたようで、ジェラルドは再び視線を前へと向けた。

「……姉さん？」

ルパートの手首を摑《つか》んだままのルピアに問いかけると、意を決したように小さな声でルピアがぽつりと零した。

「ルパート聞いて。夢の中で……あの子が、誰かと、言い争いをしていたの」

「あの子、って？」

「……ファルティ＝アーディア」

その名前を聞いて、ヴェルネラとルパートに、一気に緊張が走る。

あいつのせいで、ルピアは未来の一つを奪われてしまった。ルピアが気にしていない、大丈夫だと言っても噂の好きな貴族達はこぞってルピアを笑いものにしているのも知っている。

「あいつが……何？」

少しだけ怒気を含んだ声音で、ルパートは問う。

「何か……言い争っているようだったの。わたくしとファルティが、一緒にこの国を良くするという役割を持っている、だとか……わたくしとファルティが……その、友達で、だとか……」

「お義姉様、あの人とお友達でしたの⁉」

「そんな訳ないわ！」

ヴェルネラの問いかけに対して、慌ててルピアは首を横に振り否定した。

「よく分からない『システム』とやらに意識が乗っ取られたような状態になって、いつの間にかあの人が隣にいるようになっただけよ！　意識が戻ったあと、わたくし慌てて自分の友達に連絡を取ったわ。そうしたら皆もおかしいと思っていてくれたようなんだけど……」

「そ、そうですわよね……」

「と、とにかく、あんな子は友達でもなんでもないわ。夜会や学院時代の図書館で、多少顔を合わせる機会があったけれど、それだけ。仲良くしたい人には家同士の繋がりを求めていたりするでしょう？　貴族としての付き合いはそんなに簡単なものではないんですもの」


「……まぁ、そうですわよね」

「一方的に知っている人のことを『友達』などと呼ぶのであれば、誰でも『友達』になるじゃない」

ルピアに言われ、それもそうだ、とヴェルネラもルパートも頷く。

だが、気にかかることは増えてしまった。ルピアが見たという先程の『夢』の内容。もしかして、『システム』とやらがルピアを操っていたとして、ファルティがそうさせていたのであれば。

主たる原因でなくとも、原因の一つである、と仮定するならば……？

同じ考えに辿り着いた馬車内の三人は、誰から、というわけではなく、揃って顔を見合わせた。

「あのファルティっていう女、何をやってくれてたんだよ……」

誰に問い掛けるでもなく呟いたルパートの声は、馬車内で消えたが、ルピアは忌々しそうに顔を歪《ゆが》めた。

一年半もの間、自身の思考がほぼ奪われ、何故かファルティには友達面をされた状態で迎えたあの日の結婚式。王太子妃にならなくても良くなったのは好都合だが、記憶消去の魔法による心身へのとてつもない負担。

思いもよらない形とはいえ、本来の道に戻れ、更には他の道もあるかもしれないということだけには感謝する。

公爵家の皆は気にしないようにしてくれてはいたが、王都にいた間に聞こえてきたルピアを嘲笑う噂話の数々は到底許せるものではない。

静養先から戻ることなくクア王国への移住が実現したならば、どうなるのだろうか。今の時点では、もうほぼそうなることが確定していると言ってもいい。

そして、住む国が変わるということは、ルピアの将来は様々な可能性が考えられそうだ。

「(進む先の幅は広がりそうね)」

忌々しいという感情に支配されそうになっていたが、ルピアはすぐに頭を切り替えようと、緩く首を横に振る。

「(要らないものとは、早々に決着をつけるようにしなければならないわ)」

静養している間に、考えることが増えたな、と思いながらルピアは流れる景色を眺めたのであった。

◇◇◇◇◇◇◇◇◇◇

リアムと別れたアリステリオスは、無表情で、ただひたすら王の執務室へ続く廊下を歩いていた。

アリステリオスがルピアのためだけを思い、万が一があった時の備えとして、自身の個人資産から出した結構な額の資金。ルピアがあのまま王太子妃となるのであれば、たとえリアムが使い込んでいたとしても、若気の至りとして許してやらなくもなかった。お灸《きゅう》は間違いなくがっつりと据えるだろうが。

しかし、使われた先はまさかの、現王太子妃のファルティへの贈り物のためという馬鹿げた用途。改めて提出された報告書の内容を見てアリステリオスからは思わず笑いが出た。

加えて、リアムが多くの人がいる前にもかかわらず放った『王命』発言。

あれがどれだけ愚か《アホ》なのかは、その場に居合わせた人の顔色からも見て取れた。勿論アリステリオスはほくそ笑むだけだったが。

放った嫌味にも気付いていたのかどうかは分からないが、今からの『材料』としては遠慮なく使えるものだろうと思い、王の執務室へひたすら進む。

執務室へと到着し、アリステリオスは扉をノックする。中から入室の許可が出て、室内へと進んだ。

「失礼いたします」

「う、む」

王の顔色は酷《ひど》く悪い。これから話す内容を理解しているのか、はたまた、先ほどの騒動を既に聞きつけているのか、あるいは両方か。

だが、公爵家を切り捨てにかかった王家のことなど考える必要なし。アリステリオスはそう判断した。

「単刀直入に申し上げます。当家は爵位を返上いたしますので、これ以上の我らへの干渉はおやめください」

「ま、待て！」

「それと、当家はクア王国へと移住いたしますので……王よ、領地はどうしましょうか？」

「公爵、ひ、人の話を……！」

「領地はお返しする形がよろしいでしょうか？　領地ごと、となると謀反と思われるのはこちらも嫌ですし……。そして我が領地の民はどのような判断をするでしょうか……ああ、聞いておきましょうか！　お返しするなら、我が領地を治める代わりの者を早々に手配されるのがよろしいかと思います」

「……っ!!」

王の側近も、王も、真っ青な顔で何度も口を開閉している。ショックだったようだが、公爵家を不要とする動きをしていたのは王家なのに、何をそんなに『傷つきました』というような顔をしているのだろうか。

ルピアのことにしてもそうだ。いきなり王太子が気持ちを変えたのは、恐らく学院で過ごした時間が解放感に満ち溢れるもので、今までの環境と異なったこともある。それで閉じ込めていた何かが爆発したのだろうが、王家の人間の振る舞いとしては未熟すぎるもの。

とはいえ、最終決定を下したのは、目の前の王だ。公爵家の反論など聞かずに、一方的に話を進めていったのだから。

「おや陛下、お顔の色が大変悪いですが」

「……隣国に移住して、何をするというのだ。貴様の娘のルピアに、ま、また家の駒になれと、そう言うつもりかね⁉　まさか、ルパートにも何かを押し付けるつもりか！」

「いいえ。妻は王位継承権を放棄しておりますし、それはクア王国でも認識されており、継承権争いが起きないよう徹底しております。それに、何をどうするかは当家とクア王国との間で進めていくつもりですから、貴方様への報告義務などない。……違いますか？　ルパートのことも関係ないはずですが」

「う、ぐ」

「わたしは、これまで我慢させた分、ルピアがやりたいことを何でもやらせてみようと思います。それが、ちょうどいいからという理由で、我が娘をこの国に縛り付けたことへの償いになればいいと思っております」

「ルパートは王国騎士団に入団する予定であったろうが！」

「ええ、ルピアが王太子妃にならなければ、ですが」

「……あ」

「陛下も王妃様も、それで了承されておられましたでしょう。王太子妃にならない今、我が息子も進む道を変えて何の問題がありますか？　騎士団の試験を受けて受かっていたわけでもあるまいに」

「そ、それ、は」

強烈な皮肉というよりも、アリステリオスから告げられている内容は全て事実。それが容赦なく国王に突き刺さる。

国王は政治を行う上では名君であるのだが、こういった人間関係はとてつもなく下手くそ。だから、様々な家臣が手を貸していた。無論、アリステリオスもその一人。

「殿下が、かの伯爵令嬢を好いている。婚約者を変更したい、などご相談してくださっていれば……そう、順番通りに動いてくださっていれば、このような手段には出ませんでしたが、仕方がありませんね。ご自身で種を蒔き、育てた花は世話をしていただかねば」

「……っ」

「あと、くどいようですが、こちらは、早々に、返還願います」

区切りながら、聞き取りやすいように言いつつ、アリステリオスが取り出した、一通の書類。

「わたしが、娘可愛さに準備し、使えるようにしておいた、わたしの個人資産。ルピアなら使っても全く問題はない。だが……」

アリステリオスの目が細められる。

「殿下は、何を思ってこれに手を付けられたのですかなぁ……？」

部屋にじわじわと満ちていく、とんでもなく大きな怒り。

ルピアのためだけの資産を、どうしてリアムは自分のお小遣いのように使っていたのか。

「この事実が漏れれば、どうなるかはお分かりになると思いますが」

「……っ！」

「別にいいんですよ、返してくださらないままでも。なら、このとんでもないスキャンダルをばら撒《ま》いて我らは去るだけだ」

「や、やめて、くれ」

「では、早々に返してください。繰り返しますが、これは、わたしの個人資産なんですから」

了承するしかない。リアムがしたのは事実上の公爵の資産の横領。どうして自分の王太子予算から出さなかった！　と叫んだところでもう後戻りはできない。

使ったものは返す、当たり前のこと。

「返還については一括で。遅れようものならどのような手段を用いても……」

「か、返す！　無論返す！」

こんな醜態を暴露されてはかなわない。民が熱狂している恋愛物語の主人公たちがこんなにも馬鹿なことをしていたと知られてはどうなるか。

「陛下、返還は当たり前ですよ？　それから、爵位の返上についても許可をいただけませんか。移住の準備は滞りなく進んでおります故、色々な手続きをせねばならないのですから」

「……ぐ、ぅ」

ああそれから、と続けて、アリステリオスは嗤《わら》う。

言葉の意味も分からず使っている者がいるのだ。今はまだ臣下であるからこそ、報告せねばと思い、微笑んでみせるが王の顔色は酷くなる一方だ。

何を言われるのかと身構える国王に対し、アリステリオスは薄《うっす》ら笑みを浮かべてから、ゆっくりした口調で言った。

「陛下のご子息は大変優秀にして野心家でいらっしゃるようだ」

「……何？」

「おや、側近の方からまだ聞いていないとみえる」

こういう時、何かを企《たくら》んでいる顔をしているアリステリオスは、碌《ろく》なことを考えていない。

きっとまた王家に対して警告やら忠告やらをしたいんだろうと、この時点で王はそう、軽く考えていた。

「先ほど、殿下に呼び止められたのですよ。王命と言ってね」

「……は？」

アリステリオスは、愉快そうに笑っている。

王は、呆然としている。

この二人の対比がとても奇妙なものに見え、いち早く意味を理解した王の側近の顔色は、とことんまで悪くなっていく。

迷惑をかけるな、そうキツめに注意もしていたはずなのに、何ということを言ってくれたのかと、王の中に沸々と怒りの感情が湧き上がってきた。

そもそも、リアムはまだ『王太子』であって、『王』ではない。そんな彼が『王命』と言うことそのものが、おかしすぎることにリアム自身が気付いていなかったようだ。いいや、気付いているとかではなく、誰が使うから『王命』なのかは、理解していなければならない。

この件に関して、証人はいくらでもいる。あの時、王宮の広い廊下のど真ん中で話をしていたし、二人の会話を聞いてとんでもない顔をしている貴族や王宮勤めの人間も多数いた。

「り、リアムが、王命と、そう、言ったのか」

「はい」

アリステリオスは間髪を容《い》れずに肯定し、それまで浮かべていた笑みを消した。

「ルピアのことも未《いま》だに名前を呼び捨てにする始末。……既に妃殿下がいらっしゃるにもかかわらず……もしや、ルピアは小間使い程度の認識でいらっしゃる、ということなのでしょうか」

「断じて違う！　そのようなこと、あるわけがないだろうが‼」

国王から悲鳴のように否定する言葉がぽんぽんと出てくる。アリステリオスは、そんなものよりも爵位返上についての許可をくれ、そう言いたかった。しかし、あまり言いすぎると、この国王は何をしでかすか、分かったものではない。

まずはこの人を落ち着かせる必要があるな、と判断し、アリステリオスは片手を上げる。そのことで、国王ははっと我に返って弾丸のように発していた言葉をようやく止めた。

「……陛下、一つずつよろしいですか」

「うむ……」

アリステリオスは、事情を呑み込ませるために、そして納得もしてもらわなければいけないので、わざとゆっくりした口調で話す。

「わたしの個人資産の使い込みについては、早々にご返還願います。寄付したつもりはございません」

「勿論だ！」

「そして、爵位返上についてです」

この話になった瞬間、また国王は飛び上がらんばかりに慌て、勢いが増した。

「そ、それは困る！　それだけは何とか考え直してくれ！」

「無理でしょう？」

「何故だ！」

「当家との縁を求め持ち掛けてきた婚約話を、そちらから一方的に取り消した。挙句、とんでもなく立場が危うくなった我が娘を王太子夫妻の式に呼び、補佐を押し付けようとなさった。仮に受けたとして、役目が終了した際はどうなさろうとしていたのですか」

青かった顔色がついに白くなった国王だが、知ったことではないとアリステリオスは続ける。

「我が家は、便利屋ではないのですよ」

「そんな、そんなつもりは！」

「それともう一つ。王太子妃様と、我が娘の間に友情など存在し得ない」

「…………は？」

すとん、と国王から表情が抜け落ちる。

側近も「え？」と困惑しているようだが、アリステリオスはさらに続けた。

「王太子妃様は、ルピアを友だと仰っているようですが、あり得ないのです。……貴族同士であってもなくても、当家の事情……もとい、公爵家の令嬢の友となるのであれば、家同士なんらかの繋がりができましょう。……無いのですよ、アーディア伯爵家と、我が家の繋がりは、何一つ」

呆然とする国王と側近を見て、アリステリオスは溜息を吐いた。

ファルティがどうやってリアムと仲良くなったのか、そんなことなどどうでも良いし興味もない。あるのは『自分の娘は王太子妃の座から蹴り落とされた』ということ。

だが、ファルティは『ルピアとは友達なので自分のことをきっと手助けしてくれる！』と、王宮内で言っているらしいのだ。

家同士の付き合いもなければ、親が顔見知りというわけでもないのに。

ルピアの様子がおかしくなっていた、あの一年半。あの時にファルティがルピアに何かをしていた、あるいは操っていたのでは、と考えると辻褄が合う。

　本人と話をしてみないことには分からないが、アリステリオスはファルティという『人』そのものを、どうしても信じることはできそうになかった。

「陛下、もういい加減に当家のことはお諦めください。当家を見限ったのはこの国そのもの。民衆もその他貴族も、当家を必要ないと判断したからこそ、我らはこの国から出ていく決意をしました。もう、関わってくださいますな」

　何度も告げられていた公爵家からの絶縁。認めたくなくて拒否し続けていたが、もうここまでくると戻れないことに王はやっと気付き、理解し、受け入れようとしている。

「……リアムが、馬鹿なことをして、……そして、貴殿のご令嬢にもただならぬ迷惑をかけてしまったこと……すまなかった」

「いいえ、わたし個人は気にしておりません。ただ……」

　はっ、と国王が顔を上げた先、とてつもなく愉快そうな顔で笑んでいるアリステリオスが居た。

　嫌な予感がしたところで、もう遅いのだ。こうなったアリステリオスから聞かされるのは、大概ろくでもないことばかりなのだから。

「ここに来るまでの道中にて呼び止められ、殿下は『王命だ！』と叫んでおられましたので……。陛下、ご対応を急がれてはいかがですかな。野心があるのは結構ですが、お立場というものをご理解されるよう、しかと申し付けられた方がよろしいですよ。……きっちりと、ね」

それでは失礼、と颯爽《さっそう》と立ち去るアリステリオスを呆然と眺めていたが、慌てて国王はリアムを自分の執務室へと呼びつける。

無論、怒鳴り声が響き渡ったのは言うまでもないが、同時に、王宮内では公爵家の爵位返上についいて、とんでもない勢いで噂話が広がっていったのであった。


ルピアやルパートたちは領地へ向かう道中、昼食がてら皆が馬車から降りて休んでいた。

流れる穏やかな時間とは裏腹に、ルピアは考えなければならない問題が山積み状態なのである。

それに気付いてからは堂々巡りとは分かっていても思考がグルグルと回り続けてしまう。

国王からもし登城の要請があったとしても一切応じる必要はない、と父が言ってくれている。その言葉に甘えることにした。リアム達と顔を合わせたら何を言われるのかわかったものではない。

そして、これからやってくる『未来』のことについて。

この国を出るということは、カルモンド家は『公爵』ではなくなる可能性の方が高いだろう、と思っている。

ルピアが目指した『次期公爵』という夢は、そこで潰《つい》えてしまう。いくら母が元王女だといっても、王位継承権は既に放棄しているとも聞いた。

「どうしたら、良いのかしら」

ゆったりとした時間が過ごせることは、ルピアとしても勿論嬉しい。

それと反比例して、少しずつ冷える自分の感情があるのも事実なのだ。暗い声で呟いた時、かさりと葉を踏む音が聞こえてルピアはそちらに視線をやる。

そこには笑みを浮かべたジェラルドが立っていた。

「……おじ様」

「悩みか？」

「……これから、わたくしはどうしようかしら、と思ってしまったの。……一番の目標だった『カルモンド公爵』への道が……」

「閉ざされてないだろう、まだ」

「え……？　だ、だって、クア王国へ移住したらお父様は」

「お前、頭が固いな」

「え⁉」

「それに、やけに後ろ向きすぎる。どうした、お前らしくもない」

くく、とジェラルドは笑うが、理由が分からないルピアは目を丸くして困惑している。

どうやら、頭が働いていない様子の姪を見てジェラルドは苦笑いを浮かべ、問いかけた。ここまで短時間に思いつめるとは、余程色々な事を同時進行で考えてしまっているようだ。

ルピアの性格上、仕方ないのかもしれないが、どうにも考えすぎるところのある姪に対し、言い聞かせるようにしてジェラルドは問う。

「考えてみろ、お前の母親は？」

「元クア王国王女、ですわ」

「なら、だ。この国で公爵でなくなるとはいえ、クア王国に行けばまた違う道がある。それに、王位継承権は放棄しているといっても、元王族を軽い扱いなんぞできるわけないだろう」

「……」

母であるミリエールの実家、もとい出身地は移住予定となっている『クア王国』。

ミリエールは第六王女として生を受け、側妃の子であるから王位継承権はほぼ無いに等しい状態であったのだが、余計な火種を生まぬようにと、アリステリオスに嫁ぐ際、王位継承権を放棄した。勿論、それは書面に残してある。

だが、今回の一件でクア王国に身を寄せることが確定すれば、クア王国にすれば結婚して国を出ていった王女が再度戻ってくる、ということだ。

たとえ継承権を放棄しているとはいえ、ルピアとルパートがミリエールの血を引いている以上、何かしらに利用されかねないのでは、とルピアが考えていると思い、ジェラルドは続けて言葉を紡いだ。

「少なくとも、雑な扱いを受けることはない。向こうへの移住が確定してから、今後がはっきりするだろうが……。何せ、クア王国の現国王はお前の母であるミリエールを可愛がっていた兄王子の一人なんだ。義姉上《あねうえ》はこちらへ嫁ぐ際に継承権を放棄しているが、元王女を雑に扱ってみろ。王室の品位が疑われる。それに、お前たち双子に価値を見出《みいだ》したら、あちらはある程度の地位を用意するだろうな」

ジェラルドの言葉にルピアはぽかんとするが、言われてみれば母の故郷に帰った際、伯父、伯母達から何だかとてつもなく溺愛されたような記憶がある。ルパートも勿論一緒に可愛がられた。

当時クア王国の王族にはルピアやルパートと同い年くらいの子が少なく、自分達が一番年下だったから、あれこれ可愛がってくれたのかもしれないと思うが、妙な扱いはされなかった記憶はある。

「ルパートはともかく、経歴に傷がついてしまったわたくしに……価値を見出していただけるんでしょうか……」

「価値ならとんでもないんだよ、お前ら双子は。お前が弱気になってどうする」

「買いかぶりすぎではないかしら……」

そう呟くルピアは、やはり不安そうなままだ。こんなにも自分を卑下してどうするのだ、とジェラルドは思う。勉強も武術も、魔法だって頑張ってきたルピアの姿をジェラルドは見てきたから、そんなにも。

「……あのな、ルピア。どこに公爵家の後継者教育と王太子妃教育を同時進行できる娘がいる？」

「え？　あの、ここに？」

言われて、はい、と手を挙げるルピア。そして苦笑するジェラルド。二つを完璧に両立する時点で、この子の価値は計り知れないというのに……と困ったように笑ってジェラルドは続けた。

「普通はな、そんな途方もないことできないんだよ。どちらかだけになるのに、お前は良くやった」

あまり、ジェラルドからこうして褒められたことはない。

次期公爵としての教育と王太子妃教育、両方やると宣言したあの時、ほとんどの周りの大人たちは『できもしないことを言うな、これだから女は先が読めていないから困る』とバカにした。

ジェラルドも、表には出さないもののルピアのことを内心では見下し、『できるわけがない』と笑っていた一人だ。

だが、幼いルピアは弱音を吐かず、日々のハードすぎる教育を乗り越えていった。一日、二日、それがいつしか半年、一年、と長くなるに従い、ルピアをバカにする意見は目に見えて減っていく。

更に、教養を恐ろしい速度で身に付けながら、カルモンド公爵家の役割である国防も担うため、剣を始め、ありとあらゆる武術も着実に身に付けていった。

時には疲労から気絶するように眠り、剣術の手合わせで負ければ傷だらけになりながらも、ルピアは歯を食いしばり、一つずつ、着実に自身のものにしていった。

それほどまでに頑張ってきたルピアを、どうしてバカにすることができようか。

次第に親戚も、家臣たちも、ルピアを応援し始めた。厳しく接しながらも息を抜く時には思い切り抜いて、子供らしく笑えるようにと、周りが全力で支えたのだ。

だが、そんな温かな雰囲気の身内同士の結束を、国中の貴族全てが知っているとは限らない。

だから、カルモンド家はルピアに対して厳しいという勝手極まりない解釈をしていたのだ。

結果として、今回の婚約解消の件については、その解釈が幸いしたのかもしれない。

今回の婚約解消後の様子など、ルピア達の耳にはあまりはっきりと聞こえてこないが、父であるアリステリオスが容赦なく王家に対して反撃してくれている。

しかし、あまりに短期間に事が起こりすぎたせいか、さすがのルピアも少しだけ参っているらしい。だが、それをこうして見せてくれるのは心を開いてくれている証拠でもある。

弱音を吐けるのなら、この子は大丈夫だ。今一番近くにいる大人がジェラルドだったから、ぽろりと零してくれたに違いない。ルパートやヴェルネラに対しては、また別の相談もしているだろう。ルピアはそういう子だ、とジェラルドは思い、口を開いた。

「……今までは、悩んでも周りの目があったから、ここまで口に出せなかったろう。だが、それでいいんだ。ルピア、もっと遠慮なく周りを頼りなさい」

「おじ様……」

「ルピア、悩んで悩んで、悩みぬきなさい。迷ったら声に出して、周囲に相談して、考えを整理しろ。己の中に留《とど》めてはならん」

よく通る声で、大人らしくルピアを力強く導いてくれる存在に、ルピアは純粋に感謝した。

一人ではなくて、良かった。そう思いつつ、ついでに悩みを吐き出し切ろうとしていたその時。

ジェラルドはにかっと笑って続けた。

「まぁ、クアの国王のことだ。なんだかんだ言いつつ、元王女のためにと公爵位くらいは用意するかもしれんぞ!!」

「は⁉」

「ロッド国王、本当にミリエール義姉上が大好きだからなぁ……。もし何か試験のようなものがあったところで、お前たちなら問題ないだろう」

「おじ様、根拠、ございまして？」

「根拠らしいものはないが、お前たちなら大丈夫だろう。良く頑張っているのを俺たち親戚もちゃあんと見てきたんだ。ほら、もっと胸を張らんか！」

あっけらかんと言われ、何だか毒気が抜かれたような、どことなくすっきりした感覚に包まれる。同時に、叔父のジェラルドにルピアは感謝をした。

そして実際、ジェラルドの言うように話は大変順調に進んでいたので、噂をされているクア王国の国王はかの地の執務室で盛大にくしゃみをしていたのだが、それは国王の側近のみ知る事実である。

クア王国の国王、ロッド＝リ＝クア。

嫁いだ妹が自国に帰ってくることの嬉しさと、可愛い姪と甥までもがやってくる。加えて甥の婚約者までクア王国にやってくるのであれば相応の地位を用意しなければと思う一方、親族としての贔屓目《ひいきめ》なしで彼らを判断せねばならない。

国王として、不要なものを国に受け入れ、無駄な混乱を招くことは避けなければいけないのだ。

「さぁて、単なる淑女であれば……我が国に必要とはされんぞ、ルピア」

国王ロッドは、手にしていた身辺調査書をぱさりとデスクに置いて、将来的に移住してくるであろう妹家族との久しぶりの対面に心躍らせる。

役に立たなければ、適当な爵位を与え、王家との関わりを持たせないまま貴族として暮らしてもらえばいい。

「アリステリオスはかの国でも指折りの強さである。だが、今も彼の強さが健在かまでは分からんからな……」

「陛下」

「すまんすまん、だがな、親戚であると同時に俺は国王なんだ。……役立たずを重用してやる義理など、無いんだよ」

そう言って、改めて調査書を見る。

「さぁ、身内としてではなく、いち貴族として我が前に早く来い、カルモンド家」

言っていることは物騒であるが、国王の判断としてはあくまで普通。冷たくもあるが、それはそれ、これはこれ、というやつなのかもしれない。しかしカルモンド家が来ることを一番楽しみにしている張本人でもあるのだ、このロッドは。

◇◇◇◇◇◇◇◇◇◇◇

「ふざけたことをしてくれたな貴様！」

呼ばれるままに国王の執務室に入り、扉を閉め、何の話かと振り返ろうとしていたリアムのことを、いつの間にか歩いて近づいてきていた国王が思いきり殴り飛ばした。

がつん、と鈍い音が響いて、リアムはその場に頽《くずお》れる。

「い、っ……」

「陛下、落ち着いてください！」

「落ち着いてなどいられるか！　この馬鹿は、とんでもないことをやらかしおった！」

慌てて止めようとする側近の声など意に介していない様子で、国王は床に倒れて今まさに体を起こそうとしていたリアムを思いきり踏みつけた。

「何が『王命』だ！　貴様、もう国王になったつもりか！」

リアムはこれまで当たり前に『与えられる』側で、王太子教育はかなり厳しいものであったが、それもきちんとこなしてきていた。

踏まれたままでいるわけにはいかない、と無理矢理足の下から抜け出し、父である国王をリアムは睨みつけた。

「確かに失言でした。ですが、いずれは俺が国王となるではありませんか！」

「では、あの失言を、貴様はどこでやらかした」

底冷えするような国王の冷たい声に、リアムも側近も、体が竦《すく》むのを感じた。

「答えろ。どこで、言った」

「どこで、って……それは」

思い出して、リアムは顔色を一瞬で悪くした。

「……王宮の……廊下、です」

リアムの妻となったファルティも、確かに失言を繰り返してしまったが、彼女とは状況が全く違っている。

ファルティは、王太子妃教育の教育係の前で、あの失言を繰り返しただけであった。

一方リアムは、城下町ほどではないにせよ、王宮内で働く者たちや他の貴族たちが多くいる場所で、やらかしてしまったのだ。

「……っ」

リアムの背を、どっと冷や汗が流れる感覚がした。

「どうやって落とし前をつけるのだ」

「そ、っ、あ、……あの……」

「どうやらお前の失言を、様々なものが聞いていたようでな……」

怒りで血走った目で、国王は己の息子を睨みつける。これまでそのように睨まれたことのないリアムは、ただ、震えることしかできないまま、次の言葉を待った。

「教えてくれたのは、お前にそのようなふざけたことを、まさに言われてしまった人だ」

「……カルモンド公爵……？」

「ああそうだ！」

その時の公爵の顔を思い出したのか、国王は執務机を思いきりこぶしで叩いた。

「人の口を全て塞ぐわけにはいかぬ……！　いや、塞ぐことなどできるはずもない……っ！　本当に貴様は……」

ぎろり、と己の息子を睨みつけ、悔しさや恥ずかしさ、忌々しさなど何もかも、負の感情を可能な限り詰め込んだ声音で国王は言葉を続けた。

「やり直せるなら……、お前が公爵に失言した、その瞬間に戻してもらいたい……。王太子妃が頑張って高位貴族に少しずつでも認められようとしているときに……次は貴様がこのざまか‼」

叫ぶような、必死で絞り出しているかのような声に、リアムは呆然と父である国王を見ていた。

王族が、間違いを起こすようなことがあってはならないのに、一番やらかしてはいけない人の前でやらかしてしまった、とてつもない失言。

国王をはじめとして、どうにも失言まみれなうえに、カルモンド公爵家に執着していると思われても仕方のない言動の数々。

実際、公爵家に追《お》い縋《すが》る勢いで何かしらの行動をしている王家の様子を見て、さてどうしたものか、と考えている高位貴族家も多く、水面下で見えないように行動を始めた家々も存在はしている。

国王自身、これはまずいと、何かしら対策を練らないといけないと分かっているが、もう一つ、大切なことを言うために呼び出したことを思い出した。

「……時に、ファルティのことだが」

「は、い」

「あれがカルモンド公爵令嬢とどういう関係かもう一度、聞かせてくれまいか」

「え？　どういう……って、友達、でしょう」

「真《まこと》だな？」

「え、えぇ……」

空気は、冷えるを通り越して凍《い》てついた気配がした。

一体なんだ、とリアムは国王の様子をじっと見ていたが、続いた言葉にぱかりと間抜けにも口を開けてしまった。

「……公爵は、ファルティとルピア嬢の間に友情などなかった、そう申しておるが？」

「え⁉」

リアムが驚愕《きょうがく》の声を上げる。

そして、学院での出来事を思い出してみるが、もともとルピアは友人とべったりしているような女性ではなかったが、ファルティと常に一緒に居るのを見て、『ルピアも女の子だし、友達と一緒なのが良いのだろう』と思っていた。

「友、で……ない？」

「公爵が迷いなく言い切った。嘘でそんなことを言って何の利がある」

「ルピアが悔し紛れにそう言っているだけという可能性はないのですか⁉」

「何のために」

「俺と婚約関係にあったんですよ⁉　そ、そうだ、婚約を解消されて悔しいから！」

「彼女はそなたのことを何とも思っておらんだろうな」

「……へ？」

更に間抜けな声がリアムから漏れた。

婚約関係にある＝少しでも自分を想ってくれている。そういう思考回路に染まり切っているリアムは、意味が分からないといった表情で国王を見た。

「あの婚約は、お前の後見にカルモンド家がちょうどいいと思ったから、そうしていたのだ」

「ちょうど……、いいって……」

何をバカげたことを、と言いそうになったリアムの言葉を奪うようにして、国王が更に続ける。

「彼女は『公爵令嬢』だからな。王命を受けたから、家のための道具となることを選んだ、ただそれだけだったということだ。……まぁ、お前に対しては親愛の情くらいはあったやもしれんが」

そんな国王の言葉など、リアムには届いていなかった。

ファルティが自分を好きになってくれたように、ルピアもそうなのだとばかり信じ込んでいたのだから。

ここまできて、ようやく彼も理解する。

ああ、もうルピアとの道が交わることはないのだ、と。

◇◇◇◇◇◇◇◇

「……無理があるわ」

休憩が終わり、再び進んでいく馬車の中、ルピアは真顔で呟いた。

勿論、それを逃すことなくヴェルネラとルパートは、ルピアの言葉をきっちり拾う。

「何が？」

「さっき、おじ様に少し相談していたんだけど……クア王国に移住した後、公爵位くらいは用意するかもしれんぞ、だなんて言うんだもの」

「ああ」

「無茶ですし無理ですわね、きっと」

あら、と困ったように笑いながら、ルピアの言葉にヴェルネラも賛同したように頷く。さすがに公爵位を用意することなどしないだろう。移住してきているから、というだけではなく、そもそもロッドは国王としてそこまで甘い男ではない。

「……伯爵、もしくは男爵あたりかしら……？」

「でもさ、俺それよりも気になってることがあるんだけど、姉さん」

「何、ルパート」

「姉さんの道を否定するわけじゃないんだけど、姉さんがなりたかったのはさ」

一呼吸おいて、ルパートは続けた。

「カルモンド女公爵？　それとも、公爵は関係なく父上の跡を継ぎたかったの？」

先ほど、自分の未来の進むべき方向をジェラルドに零していたルピアは、弟の言葉に目を見開いた。

ルパートはふざけてなどおらず、至って真剣である。

「悪い意味じゃないんだ。本格的にクア王国に移住することが決まれば、姉さんのやりたいことを何でもやってみて良いと思う。でも、姉さんが『公爵』という地位にこだわっているなら、移住しない方が良いんじゃないか、とも思う。だから、どうしたいのかな、って」

「ルパート……」

「俺は公爵としての素質に恵まれなかったから、自分ができることを突き詰めていった。結果的に姉さんがもしも王太子妃になるなら、一番近くで、一番の味方として、姉さんを守りたかった。王宮の中なんて腹の奥に何を隠し持ってるか分からない奴《やつ》だらけだから」

「……」

「俺は普通に貴族として過ごすよりも、誰かの補佐とか、騎士として勤めることの方が向いてるんだと思う。こういう性格だし」

幼い頃に双子が揃って受けた公爵家跡取りとしての教育を始める前の適性検査により、跡取りの第一候補となったのはルピア。

公爵として在る為《ため》に何が必要か、どういった資質が求められるのか。色々と勘案した結果として、ルピアが候補となった。

とはいえ、今住んでいる国を出て新たな国へ移住し、新しい爵位を賜る場合、そもそも論としてルピアが目指していたものが崩れる。

父の跡を継ぐ、それで良ければ問題ないのだが『公爵位』にこだわるのか否か。ルパートは問いかけてからなおも続けた。

「けど、今のこの状況で爵位にはもうこだわる必要なんてないんじゃない？　父上の跡を継ぐにしても、クア王国に行けば父上の仕事そのものが変わりかねないんだからさ。また違う道もあるだろう？」

「……それもそうね」

おや、とルパートが思ったのも束の間、ルピアはどことなくスッキリしたような顔でヴェルネラとルパートを見る。

てっきり、ルピアから何かしらの反論が飛んでくると覚悟していたが、そうはならなかった。ヴェルネラも意外そうな顔をしてルピアを見ている。

「……思ったより、わたくしには色んな未来があるのよね」

「姉さんは色々できるから、応用もきくでしょ？」

「ええ」

きっぱり言い切るルピアと、思わず目を丸くしたヴェルネラ。

「え、えぇと……お、お義姉様？」

「ヴェルネラ。うちの姉さん、色々叩き込まれすぎて、色々できるようになっちゃったんだよ。あれ、お前知らなかったっけ？」

「ざっくりと知っているけれど……お義姉様、そんなにも……？」

「武術に他国の学問、刺繍《ししゅう》、ダンス……あとは何だったかしら……乗馬に魔法、それと……あと他にもあったような気がするんだけど」

「姉さんストップ、ヴェルネラがびっくりしすぎてる」

「本当のことだもの」

できることを指折り数えるが、そもそもそんなにできてどうするんだ、と言わんばかり。

あれもこれもとルピアが教育課程の中で突き詰めていった結果、器用貧乏のような状況になってしまっているわけだが、どれもこれも残した成果はハイレベル。

生まれ持った素質があるために、魔法に関してはハイレベル！　というわけにはいかなかったが、ある程度は使えている。

「……お義姉様、これからの未来はより取り見取りではございませんか」

「わたくしも驚いているの。……それにね、さっきおじ様ともこんな感じの話をしていたから、ルパートにも言われて、少し驚いてしまって」

ふふ、と少し声を出して笑うルピアは、先ほどまでの憂えた空気もなくなっていた。目は輝き、しっかり静養すればこれからの未来に向けて真っ直《まっす》ぐ歩き出せるだろう。

ルピアのことを友人だと言っているファルティの存在については、今は頭から追い出すことにした。そんなルピアの顔はとても明るく、これから訪れる新しい日々への期待に胸がいっぱいのような顔だった。

◇◇◇◇◇◇◇◇◇◇

「さて、と」

鼻歌交じりに、カルモンド公爵夫人ミリエールは身支度を進めていく。

ドレスを選び、アクセサリーも選び、侍女に化粧をしてもらう。外出するための、いつも通りの

慣れたルーティーン。

普段と違うことがあるとすれば、今のこれが、何のための身支度か、ということ。

「奥様、またお茶会の招待状が届いております」

「そう。次はどなたから？」

「ラフェル侯爵夫人からでございます」

「……ふぅん。中身、読んでくれる？」

かしこまりました、と言ってミリエールの侍女は封を開け、中身を確認する。そして、手紙に記載されていた内容を読み終わると「如何《いかが》なさいますか？」と質問をした。

「後で返事を書くわ。勿論、欠席とね」

「はい、奥様」

この国の貴族が今楽しんでいるのは、娘のルピアが王太子妃の座から引きずり下ろされたという醜聞《スキャンダル》。

だいぶ面白可笑《おもしろおか》しく誇張されているとも聞くし、実際のところはどうなのか、とミリエールに探りを入れてこようとする者も少なくない。だが、そんなものに付き合ってやる義理など、ミリエールにあるはずもない。

大切な娘を貶し、嘲笑う者たちへ笑いの種を、どうして提供してやらなければならないのか。

更に、迂闊なことをしてしまえば、ルピアの評判だけではなく、カルモンド公爵家そのものに傷がつきかねない。

「人を舐めるのもいい加減にしていただきたいものね……」

普段は決して聞かせることのない低く冷たい声。家族を大切に、己の身内も大切にしているミリエールだからこそ、守るためならば何一つ容赦などしてやらない。

「奥様。また招待状が」

「今度は誰？　どこの家？」

「……アーディア伯爵家より、でございます……」

「あぁ……」

家名を聞いただけで嫌そうにミリエールは顔を顰《しか》めた。

ルピアから未来を奪い、何を勘違いしたのかアリステリオスに対しても、まるで子供のような暴言を放ってきた、あの家か、と心の中でボヤくミリエール。

我慢していたつもりだが、内に秘めておこうと思っていた本音がぽろりと零れ落ちた。

「あのはしたない女の実家ね」

ルピア本人がいくら気にしていないとはいえ、未来の可能性の一つは、ファルティによって確かに奪われている。

どの面下げて、という思いが勝つのは当たり前のことだし、ルピアとリアムの婚約解消の発表の際にカルモンド公爵家を指差しながら『身分だけではないのよねぇ！』と高笑いをしていた人達に会ってやる義理もない。そもそも会って何をしたいのか訳が分からない。

どんな顔をしてやって来るのかは見てみたい気もするが、時間の無駄でしかない。

ミリエールはにこやかに侍女に手を差し出した。

「その手紙だけは、今、すぐに返事を書くから開封してわたくしに頂戴」

「はい奥様」

ペーパーナイフで封を切り、侍女は手紙を取り出してミリエールに差し出した。

テンプレートのような謝罪文句がつらつらと書かれており、最後には『身の程知らずなことを言い、公爵をとても悪しざまに罵ってしまったこと、どうか……どうか謝らせてくださいませ』と記載されていたが、それを見てミリエールは鼻で笑う。

「よくもまぁ、ぬけぬけと」

「奥様、レターセットでございます」

「ありがとう、助かるわ」

「こちら、ペンです」

「どうもありがとう」

受け取ってから便箋に書いたのはたったひと言。

『二度と関わるな』と、大変綺麗な文字で書いてから、封筒に入れて侍女に手渡した。

「封をして、お送りして。それと、わたくしがクア王国へ移住する準備を早めなさい。旦那様の準備もね。親戚の皆様はどうするか返事が来た？」

「はい。縁者を頼って他国に移住を決めた方もおられます」

「そう。では、この国からカルモンド公爵家の関係者が居なくなる準備も整いつつある、そういうことかしら」

「勿論でございます。此度の件、あまりに非道すぎるとお嬢様の味方をする方が無論、多くおられますので」

「ふふっ」

今更ながら理解を始めた貴族達と、守りの要を失うことに気付いてしまった王家は必死に謝ろうともがいているが、受け入れる必要はない。

突き放しても突き放しても追い縋ってくるのは、一体何なのか。まるで昔、怪奇譚《かいきたん》で読んだ化け物のようでもあるなぁ、とミリエールは冷静に考えてしまう。

「それでは、わたくし達と同じクア王国に移住をする者もいるかしら？」

「はい、おられます。旦那様もクア王国の国王陛下宛に書状を出されましたので手続きは滞りなく進むかと予測されます」

「わたくしにもお兄様から連絡が来たのよね」

「……まぁ、そうでございましたか。奥様とクアの国王陛下の仲の良さは相変わらず、ということでございますね」

「そんなところよ。『身内の七光り』と後ろ指をさされることになると困るから、こちらに来た時はあえて厳しくしなければならないのが今から辛い！　と手紙で大層嘆いていらっしゃったわ」

あら、と侍女は笑う。だが同時に「確かにそうだな」とも思う。

国王の妹だからという理由で、ただ甘やかしてしまっては国民や貴族に対して示しがつかない。対外的には取り繕わなければならないから、嫌な気持ちにさせるようなことも言うし、臣下の前であえて言っておけば、後々何かと楽になる。

とはいえ、言う方はどうしても後々激しく後悔もしてしまうのだが、立場的にそれはそれ、これはこれと気持ちを切り替えて処理をしなければいけないのだから。

「そういえば、分かりきった答えなのに聞くのも何だけど……」

「はい、奥様」

「みんなは一緒に来る？」

「勿論でございます。この身、カルモンド家にお仕えしております故に、どこまでも一緒に参ります」

「……ありがとう」

答えは分かっていても、実際に聞くと安心する。

この家の使用人たちは、しっかりとミリエールやアリステリオス、そして子供たちのことも大切にしてくれている。

だが、理解のない他の貴族たちは、ルピアに対しての教育面だけを見て、『公爵家はあり得ない教育をしている』『家族仲が良いわけがない』など言いたい放題。

一部分だけしか見ていないのにこの言われようは一体何なのか、と思っていると次には『お高く止まっていたから、王太子様も安らぎを求めて婚約解消と婚約者変更をされたのだ』という言われよう。

王族と公爵家の婚姻の意味を理解していない、しようとすらもしていない部外者ごときが、よくもまぁここまで言ったものだ。王家にこの話が届いていない訳ではないのに、王家の人間は誰一人として、否定をしなかった。

「皆様方、こちらの動きが本気だとようやくご理解していただけたようだけれど……遅いわよね」

「まったく、その通りです」

「さて、もうクア王国での将来に向けて移住の準備は着々と進んでいるようだから、荷物の発送の手配をしても良いわよ。屋敷の所在地も書類が届く頃合だから、一気に進めてちょうだいな」

「はい、奥様」

にっこり、と擬音がつきそうな程の二人の爽やかすぎる笑顔。

公爵家の使用人一同は、当たり前ながらこの一家に付いていく以外の選択肢などありえない！と憤慨しているし、ミリエールはさっさと貴重品から送る手筈《てはず》を整えている。

やると決めたのなら、行動は速やかに、迅速に。

ルピアが倒れ、静養に入るとなったあの日から、ミリエールもアリステリオスも、そして使用人一同も動き始めていた。

まとめられる荷物は早々にまとめ、不要な物はさっさとゴミとして廃棄する。最後は、『この国を不要だとした自分達』が、居なくなれば終わりだ。

「大体どれくらいで色々と整いそうかしら？」

「そうですね……長くて三ヵ月もあれば」

「分かったわ。わたくしはルピアたちを追いかけて、少し一緒に過ごしてから、一足先にちょっとクア王国に行ってくるわね。そうねぇ……全行程含めてひと月くらいで戻るから、留守を頼んだわよ」

「はい。奥様達のこの家は、我ら使用人がお守りいたします」

深く腰を折り、頭を下げる侍女は年若いながらに大変有能なので、ミリエールもいつも助けられている。

昔、アリステリオスに惚《ほ》れ込《こ》んで、婚約者がいないというのをいいことに、押しかけ女房のようにして結婚に持ち込んだけれど、自分への文句は結婚後の実務で何もかも黙らせてきた。

『隣国の王女が権力をたてにこちらに嫁いできたそうだ』と言われたが、本当だから特に何も否定はしなかった。

『これだから隣国人は』と言われても、ひっくり返して挽回《ばんかい》した。

クア王国に移住をしたらしたで『これだから』と後ろ指をさされることなど分かりきっている。そうやって文句を言うしか出来ないなら、いつまでも言っていると良い。

「では、行ってきます。執事長、あの子達に追いつけるように手配はしてくれているかしら？」

「勿論です。ジェラルド卿が速さを調整しつつ向かわれていると知らせも受けております」

「ふふ、さすがジェラルド卿だわ」

笑いながら屋敷を出て、用意されていた馬車へと乗り込んだ。

「奥様、馬車内に軽食をご用意しております。ごゆるりと、いってらっしゃいませ」

「ありがとう。では、行ってくるわね」

見送りをしてくれる使用人に手を振り、合図とともに馬車は動き出した。

「……さて」

ミリエールは背もたれに体を預け、魔力で小鳥を練り上げて右手の指に止まらせた状態で、自分の声にも魔力を乗せていく。

「……《貴方、わたくしも色々と準備をするために行ってきますわ。ルピアが静養を終える頃が、出発するには頃合です》」

くりくりとした目の小鳥がミリエールの、魔力を乗せた声を吸い取り淡く発光した。馬車の窓を開き、小鳥が止まっている右手をそっと外へと出した。

「旦那様へと、届けてちょうだい」

ぱたぱた、と小鳥は羽ばたいて、普通ではない速度で勢い良く飛んで行った。飛び立ち、真っ直ぐ目的地へと飛んでいく鳥を見送り、ミリエールは馬車の窓を閉める。

ミリエールの表情は穏やかで、どこまでも晴れやかだった。

なお、小鳥からの伝言を受け取りはしたものの、飛んできた小鳥の勢いが強すぎてガラスが割れるという事件が起こり、アリステリオスの執務室では敵襲か⁉　と騒ぎになりかけたが、飛ばした主が分かり全員が納得したという。

「ミリエールは……こういう魔力の調節は……下手くそだからな」

そう呟くアリステリオスは何となく遠い目をしていた、というのは彼の側近の談である。

あとがき

この作品をお手に取っていただきまして、ありがとうございます。作者のみなと、と申します。

私はゲームが大好きで色々とプレイするのですが、ある日、「そういえば……ゲーム本編が終わった後、主人公への好感度があまり高くなかったライバルキャラって……どうするんだろう？」と思ったことが、この作品を執筆するに至ったきっかけです。

諦めなければ、自分が望んだ夢に向かって歩いていける。そんなメッセージも込めさせていただきましたので、是非お楽しみください。

本作は、書籍化にあたり、様々な方のお力をお借りしました。

まずは、キャラクターデザインならびに素敵な挿絵をご担当くださいました霧夢《きりむ》ラテ先生には、深く御礼申し上げます。

また、改稿にあたり本文を丁寧にご確認いただきました校閲ご担当の方々を始め、書籍化を進めるにあたりお世話になりました方々にも、深く感謝申し上げます。

そして何より、この作品を手に取ってくださった読者の皆様に、最大限の感謝を申し上げます。

２０２４年12月　みなと

Kラノベブックスf

悪《あく》役《やく》令《れい》嬢《じょう》ルートから解《かい》放《ほう》されました！

～ゲームは終《お》わったので、ヒロインには退場《たいじょう》してもらいましょうか～

みなと

2024年12月24日第1刷発行

発行者	安永尚人
発行所	株式会社 講談社 〒112-8001　東京都文京区音羽2-12-21
電　話	出版　(03)5395-3715 販売　(03)5395-3608 業務　(03)5395-3603
デザイン	寺田鷹樹（GROFAL）
本文データ制作	講談社デジタル製作
印刷所	株式会社ＫＰＳプロダクツ
製本所	株式会社フォーネット社

KODANSHA

ISBN978-4-06-538222-6　N.D.C.913　259p　19cm
定価はカバーに表示してあります

ファンレター、
作品のご感想を
お待ちしています。

あて先　〒112-8001　東京都文京区音羽2-12-21
(株) 講談社　ライトノベル出版部 気付
「みなと先生」係
「霧夢ラテ先生」係

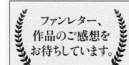